U1007832

有
度
YOUDU
CULTURE
有度文化

群山之上

阿卓务林诗选 2001—2022

阿卓务林 著

山西出版传媒集团 北岳文艺出版社
BEIYUE LITERATURE & ART PUBLISHING HOUSE
·太原·

图书在版编目（CIP）数据

群山之上：阿卓务林诗选：2001—2022 / 阿卓务林著. — 太原：北岳文艺出版社，2023.2

ISBN 978-7-5378-6695-8

Ⅰ. ①群… Ⅱ. ①阿… Ⅲ. ①诗集－中国－当代 Ⅳ. ①I227

中国国家版本馆CIP数据核字（2023）第069294号

群山之上

阿卓务林诗选：2001—2022

阿卓务林 / 著

出品人
郭文礼

选题策划
左树涛

责任编辑
左树涛

书籍设计
张永文

封面插图
陈兰茜

印装监制
郭勇

出版发行：山西出版传媒集团·北岳文艺出版社
地址：山西省太原市并州南路57号　邮编：030012
电话：0351-5628696（发行部）　0351-5628688（总编室）
传真：0351-5628680
经销商：新华书店
印刷装订：山西新华印业有限公司

开本：787mm×1092mm　1/32
字数：165千字
印张：8
版次：2023年2月 第1版
印次：2023年2月 山西 第1次印刷
书号：ISBN 978-7-5378-6695-8
定价：59.80元

本书版权为本社独家所有，未经本社同意不得转载、摘编或复制

序 /

生命言说的活力

李　骞

彝族诗人阿卓务林的又一本诗集出版之前，嘱我写序，我再三辞谢，他一再叮咛，只好勉为其难。因为我与他只见过一面，虽然交谈甚欢，但之后再无接触。由于他的坚持，我也愿意谈谈自己读这部诗集的感受。

诗人创作的源泉是生于斯长于斯的小凉山，或许就是这个难得的资源，使他的诗具有持续性的、意义深远的活力。我比较认同诺贝尔文学奖获奖诗人德里克·沃尔科特的说法，对一个诚实的诗人来说，“方圆二十里就是他的写作的界限”。这或许也是我愿意给阿卓务林写序的一个动力，因为他的诗大都以自己生活的故土为圆心，写作的对象也都是自己熟知的地域。能把自己周围的人、物、事用力写好写透，这也是一个优秀诗人的美好品格和体现，阿卓务林就是这样的诗人。

这部诗集一共分为六辑，即《指路经》《草木青》《山歌王》《西南谣》《光阴咒》《匿名信》。每一辑诗歌的主题指向都不同，都具有“系统性”的诗学意义。《西南谣》主要是偏重云南、四川、贵州三省的山水歌谣、名胜古迹的书写，将自己灵魂深处的情愫融入描写对象，将外在的物象化为一种生命体验。《凉山曲》中的人间烟火，《宁蒗的蒗》的乡土情怀，《西朵拉达》里现代文明与古老风景的融洽，《丽江古城》的古老而坚韧的韵味，都具有诗美的艺术力量。在这些作品中，脚下的土地与人的性格互为补充，形成了景中有人，人亦是景的审美风格。如《故乡》：

故乡就在脚下
再怎么用力跺
她也不会喊疼
千百年来
她已习惯了
我们的摔打

故乡有很多这样的人
他们习惯了苦和痛
无论穷到何等可怜的境地
照样谈笑风生

你很难从他们的身上
体验到生活的艰辛

故乡不是一个人的故乡，而是许多人的故乡，千百年来它承受了太多历史沧桑，像铁打的营盘，屹立在人们心中。故乡就在你的脚下，无论如何摔打，它就像一个勇敢顽强的男人，永不怨愤。这块土地上的人们，他们的生命早已融入故土，再沉重的苦难，他们也会用谈笑风生的人生态度化解。诗中的故乡和故乡人，互为参照，你中有我，我中有你，有了不怕摔打的故乡，才有了不惧艰辛的人民。诗中体现了一种坚韧不拔的生命力量，而这种力量就是诗意的理想光辉。

自然场景的象征是阿卓务林诗歌的特色，他的诗往往在具体的景物描写中凝聚了诗人的知觉化色彩，将具象与抽象融为一体，衍化出诗意的强大语境，以诗的语言描绘出宏大的意象群。《飞越群山的翅膀》中的向上精神，《风中的骑手》风雨无阻的前进气质，《光芒》中对痛苦的轻视，《高原红》中一望无垠的蓝，都是人与生命同构的叙事。阿卓务林的这部诗集，是在用诗的语言来说话。诗人似乎有一种胸有成竹的淡定，把智慧注入诗意的词汇，给人一种不是诗人在写诗，而是自然美景迫使诗人倾听大自然的天籁之声的感觉。

这部诗集中的作品，《指路经》这一辑是我最喜爱的。这些诗既是彝族传统文化的继承，更是彝族民俗元素的集中体现。诗人的写作，始终坚持一以贯之的立场，即对本民族文化的传承与再现。当然，对传统的继承，并不是一种简单的发现，而是生成过程的创新。作为小凉山土生土长的彝族诗人阿卓务林，我个人认为，他的诗还并不在于把生养他的小凉山的文化整理传承，而是在诗歌中对民族文化元素的再发现。在诗里，他好像是在回归传统，但更是对传统文化的重新发现。《一张木犁》对春天信息的挖掘，《凉山来信》给伟大父亲的招魂，《天菩萨》中男性灵魂的灵动，《火葬场的野火》里一个民族面对死亡时的沉默，这些描述，都将东方民族真实而宏大的生存理想落实到诗性的文字之中。《咒语》这样写道：

最好不要诅咒
内心的愧疚和不安
会在内心投下至暗的阴影

最好不要妒忌
魂魄的舒坦和愉悦
会给魂魄打开至广的天空

他祈祷，愿山上有麋鹿
他祈祷，愿河里有鱼虾
他祈祷，愿人间有炊烟

他抬头望了望灵牌
他低头瞧了瞧火色
他起身摇响了铜铃

他沉沉念诵滔滔的吉言
他沉沉吐出滚滚的咒语
他让人们安静下来

其实人们都知道
他装神抚慰的是暗疾
他扮鬼驱赶的是心病

诗中的“咒语”，给生存的灵魂找来一个广阔的天空，因为所有的“咒语”都是“愿山上有麋鹿”“愿河里有鱼虾”“愿人间有炊烟”。“咒语”的目的是“让人们安静下来”。这是一种信仰的乌托邦，是精神沐浴生存的咒语。诗中有信仰，这是阿卓务林与同时代诗人迥异不同的地方，他在诗中坚信自己的立场，坚信人类的真善美。

海德格尔说：“思就是诗，尽管并不就是诗歌意义的一种诗。存在之思是诗的源初方式。”这就是说，从思到诗，是一种精神的审美境界的完成，有诗必然有思，而诗的源流是诗人不断重复的生命形式。阿卓务林是一个善于思索的诗人，从诗歌表达的基本意义上说，他的诗，确实是生命言说的内在体验。

是为序。

2022年10月，昆明正心书斋

目录

第一辑　指路经

第二辑　草木青

第三辑　山歌王

第四辑　西南谣

第五辑　光阴咒

第六辑　匿名信

第一辑　指路经

在凉山

只有未曾尝过洋芋的绵羊
没有从未采撷苦荞花的蜜蜂
在凉山，苦荞花是盛开的梦想
怒放了蜜蜂酿蜜的心情

只有未曾见过太阳的盲人
没有从未推敲黑夜的诗人
在凉山，黑夜是温热的美酒
灌醉了诗人饶舌的凉山腔

只要是为了生命
并像一只只勤劳的蜜蜂
飞遍古书中传说的神州
在凉山，再苦的荞花
也能酿出香甜的蜂蜜

只要是为了爱情
并像一个个豪放的诗人
总把每个夜晚激情地舞动

在凉山，再浓的夜色

也能演绎经典的故事

2001 年 11 月 20 日

天菩萨

用头发盖住眼睛
它会锁住无尽的忧愁
把头发盘起来吧
打开眼睛，好比打开
多姿多彩的世界

把头发盘起来吧
盘成灵魂的被窝
盘成男人的天菩萨
行走在彝人的高山上
我们成了飞翔的雄鹰
身后是响声如雷的翅膀

把头发盘起来吧
就是最不幸的男人
一样虔诚地把它
在额前缠绕又缠绕
就是最泼辣的女人
也不敢用粗心的双手

拿它肆无忌惮地把玩

只要是灵魂栖息处
风雨慈善，菩萨不惊

2001 年 11 月 25 日

天堂的粮票

多少面壁画
被风雨剥蚀得斑痕累累了
甚至没有残余花瓣的轮廓
多少种文字
被月光浸泡得墨迹模糊了
甚至没有遗存胛骨的裂纹

而彝族女子手臂上
邮戳一样醒目的梅花纹
却如守节天际的星辰
蓝天不蓝了，彩饰无华了
它还在坚贞

梅花纹是天堂的粮票
以食为天的女人啊
纵然生活是美满的
脚步丈量怎样漫长的旅途
人间和天堂的粮票

是万万不可遗失的

必须用手紧紧地攥住

2001 年 12 月 23 日

果实飞出窝

粗野的山上的斯人
把新娘扛进家门
就像扛一袋荞麦壳
翻越九九八十一座山

火塘燃得很旺
猪胆很圆满
口若悬河的媒人
来回丈量主客之间的距离

未来的母亲
节食的旅程
一块连接舌头的羊胸骨
盘旋如一只飞翔的雄鹰

美酒没有忧伤
送亲的族人喝干了夜色
歌声没有界限
对歌的男子吟唱着古典

未来的母亲
一个面对成长的孩子
心里一半是泪水
一半是甜蜜

果实飞出了窝
我们怎么能
用简短的一句话
去预言一个人的一生

2005 年 3 月 24 日

母　语

你一句啊呀，我的眼眶
不可阻挡涨潮了
你一声嗯哼，我的喉咙
毫无预兆感冒了

故乡的母语
治疗陈年顽症的良药
冲洗无端烦恼的歌谣
耳畔听见，心海
一浪高过一浪地翻涌

哦，假如我的咳嗽
被另一个人当作母语
让他重重地感冒
我又该怎样安慰
自己的喉咙

2005 年 3 月 25 日

泪湿的呼唤

阿芝嫫——芝芝嫫——
秦朵拉达沙马阿果呼唤女儿的声音
拖得又沉又长，翻越群山
跨过江河，飘进我从不设防的窗口
闲得没事可干的老狗把它误认为
破门而入的不速之客，哇哇应答
它怎么也不会想到，那是我的童年

子冈惹——冈冈惹——
石丘波惹吉火木嘎呼唤儿子的声音
沙哑而鲁莽，粗心而大意
村庄安静了下来，火把遗忘了树根
善于添油加醋的乌鸦把它解析成
从天而降的密传神旨，哇哇应答
它怎么也不会相信，那是我的童年

哦，这片土地开满叫作嫫的鲜花
这片土地结满叫作惹的果实，这片土地
嫫惹漫山遍野。如果你在凉山听见

这一声急似一声，伤感而悠长
尖锐又温情，如果你听见这近乎哀求
这被泪水濡湿的呼唤，请千万不要
哇哇应答。他们呼唤的是我
呼唤的是他，呼唤的也是你

2007 年 1 月 19 日

火葬场的野火

这个冬天杯盘狼藉，人们沉默是金
山北那边青烟又起，直入云天
一棵死去多年的树根点燃内脏
顽皮的牧童围聚成团，从中寻找童话
测量体温。红了整个夏季的枝头
终究暗了下来，一日两餐的族人
拍打灰尘，开始狼吞虎咽的旧生活

或者那是火葬场不慎滑落的灵魂
洪荒时代，我的祖先笃慕惹牛
点燃的野火。那稻草一样纤细的青烟
淹没被洪水淹没的尸骨，淹没
被乱石淹没的经书。河水逃离大山
火光照亮脸谱，森林繁衍生息

这个冬天天干物燥，风声不怀好意
适合一场大火的蔓延，适合一件大事的
发生。是的，山北那边青烟又起

也许是一个青年，已恢复旧日的热情

也许是一位老人，正赶往崭新的天路

2007年1月21日

一张木犁

一张木犁
走在一个男人的眼前
跟在一头黄牛的身后
向大地搜寻枯枝、败叶
向天空挖掘春天的信息

时光像河流，缓缓流淌
一位撒苦荞籽的农妇
好奇地望了我一眼
一张木犁缓缓流淌
掉不过头来

2007 年 2 月 19 日

石　磨

拉基河谷的那阵轰鸣
不是雷声，不是火车汽笛

不用人证物证，不用眼睛踏勘
我也知道那是石磨低沉的问候

牵引它的那人多年不见了
我俩攀谈过亲戚

2007年2月19日

祖先的火镰

一亿个夜晚燃烧了一亿次
烟云堆积为土，山越长越高
当我醒来，轮回在尘世
某个房间，一日两餐的族人
刚刚从荞麦地里平安地归来
照耀在他们头顶的雪光
时而亮，时而被翅膀遮蔽

我占据有利位置，占卜未来
那毫无预兆的明天。而幸福或灾难
谁也不知道什么时候从什么方向
突然改变谁盲目的行程。那燃烧了
一亿次的夜晚，它的火镰
必将生锈，质地多好的火绒草
再也无法把它唤醒、点燃

2007 年 3 月 10 日

鼓 舞

幻觉之音，来自天堂
像慧眼的上帝窥视人类的过往
现在、未来，他挖空心思
揣测某人灵魂深处尚未泯灭的良知
和觉醒的梦。不幸的是
他无时无刻不在用那万分敏感
欲言又止的第三只耳朵
怂恿你去说出生命的善与恶
冷与暖。当皮鼓舞动
天堂之音在大地上敲响
总有固执的祭司仰望星空
低沉吐出神的卜辞，仿佛
那真切是天外咒语，万能的隐喻
可入药疗伤。玄奇的是
某人脑门闪烁，眼里泪水汪汪
仿佛有一万只麂子，正向他奔来

2010年9月5日

羞怯的光

山上，只有我一人走走
停停，像一匹误入仙境的狼
只有我一人念念有词
而万物，都唱出了声音
山下，一万条溪水在自由
流淌，它们像极了一个人的动脉
它们身上游动着一条条金鱼

而对面山腰青冈林深处
一座黄板屋隐约露出半张脸
它的男主人，或许是你叔叔
或许是我失散多年的堂兄
那屋顶上闪射银光的压木石
多像老家那几个，躲在门背后
偷窥客人脸色的放牛娃
因为羞怯，他们脸上的笑容
多像桃花，多像菊

2010 年 12 月 6 日

迁徙路

梦见大海。无边无垠跳锅庄舞的浪花
无边无垠雨的碎语，被日出染红
梦见篱笆墙低矮、稀疏，绵延野外
错落的黄板屋，晨曦下飘散柔美的光

梦见万万匹马，驮着万万张黝黑的脸
某人弯弓一箭，哀辞应声落地
梦见人们慌了手脚，最后一直向南
一位女子躲在人群后，偷偷笑

梦见洪水滔天。仗着兰草伸出的手
有人游上高地，一副劫后余生的模样
梦见群山开门，禽兽成群出没
一场龙卷风袭来，有人撕心裂肺哭喊

梦见瀑布。梦见他们弃我远去
向更高的山，赶着牛和羊
梦见雪。梦见更多的人落在路上
并学会他乡的风俗，改了腔音

2011 年 5 月 28 日

紧箍咒

头顶，天菩萨拂拭苍穹
胸前，英雄结弹唱山歌
风中的查尔瓦，唤醒翅膀
雨中的冷杉箭，拉直小径

衣裳，花边灿若星河
手臂，刺青墨如邮戳
仗恃领箍，显得高贵
凭借罗锅帽，很是典雅

穿透秋风的记忆，挂在左耳
像火把果，像太阳石
隐含古语的谱牒，藏在心底
是无字书，是传家宝

这天经，这地义
我的紧箍咒。可传道了千百遍
解惑了千百遍，我不更事的儿子
还是一脸鄙夷，满不在乎

可丢弃了它们

谁能在茫茫人海中

一眼认出

一个模子刻出般的他呢

2014 年 1 月 16 日

印第安图语

它们曾是语言，用以交流情感
它们曾是文字，用以记录历史
现在它们死了，无人能
替它们说出情感；现在它们死了
无人能，替它们破译历史
现在它们死了，赞美也好
诅咒也罢，都已毫无意义

2015 年 12 月 9 日

凉山来信

他说前天丢失了两只羊
昨天丢失了一只
今天又有一只不见了
他说原本指望着靠它们
给父亲招魂，给儿子娶妻
这下子好了，指望不上了

他的文字慌乱，语词悲伤
像个丢了群山的印第安人
紫蓟花在掌心醒来
下午的溪水喋喋不休
“我们丢失了的还少吗……”
我烟雾迷蒙，面庞冷漠
手机屏幕静如死寂的大海

2016 年 6 月 16 日

名　字

他喊卡洛斯，我喊卡罗惹
大意一致，我们喊的
其实都是男子汉

他叫拉莫斯，我叫拉姆惹
发音其实也一样
只不过字面，有所不同

想想也释然
斯和惹，狗蛋或狗剩
并无二致，只不过你叫着
答不答应罢了

2018 年 12 月 3 日

弯　月

父辈们遗忘在山上的火镰
醒了

看，它跑到了天上
敲出闪闪光

2019 年 3 月 11 日

指路经

他们排着长长的队伍
他们唱起长长的《指路经》
从这座山，唱到那座山
从这条河，唱到那条河

那一座座山
父亲逐日翻过来的山
父亲翻不回去了
那一条条河
父亲赶海蹚过来的河
父亲蹚不回去了

那一座座山太高了
那一座座山容纳着好人
也容纳着嘉木
那一条条河太深了
那一条条河洗濯过粗衣
也洗濯过粝米

他们一遍遍唱那些山的名字
那些山上土生土长的土孩子
鼻梁似鹰喙，脸蛋像土豆
他们一遍遍唱那些河的名字
那些河畔虎头虎脑的虎孩子
嘴角衔烟峦，眼里泊大海

翻过那一座座山
父亲终究回去了
在他们一字一泪的唱词里
蹚过那一条条河
父亲终究回去了
在他们一咏一叹的经声中

近了近了，从这座山到那座山
近了近了，从这条河到那条河
近了近了，翻过牛鼻山豁口
前面云海白茫茫，那里便是天堂

2019 年 5 月 30 日

小世界

左前方三人，右前方三人
他们齐刷刷，站在我对面

我未曾见过我爷爷
这棵青冈树见过

爷爷是个老古董
爷爷一直活在三千年以前

天空没有界限
眼睛是边疆

清清流水在
镜子在

他们是爷爷，父亲
他们是叔叔，舅舅

你看到的，仅仅一棵树

他们看到的，是神灵

笑容，全世界通用
哭泣也是

洒洒脱脱，你的黎明
恍恍惚惚，我的午后

而他们是山里人哪
他们不知地球之方圆

他们一直以为
自己活在世界中心

2022 年 4 月 26 日

咒　语

最好不要诅咒
内心的愧疚和不安
会在内心投下至暗的阴影

最好不要妒忌
魂魄的舒坦和愉悦
会给魂魄打开至广的天空

他祈祷，愿山上有麋鹿
他祈祷，愿河里有鱼虾
他祈祷，愿人间有炊烟

他抬头望了望灵牌
他低头瞧了瞧火色
他起身摇响了铜铃

他沉沉念诵滔滔的吉言
他沉沉吐出滚滚的咒语
他让人们安静下来

其实人们都知道

他装神抚慰的是暗疾

他扮鬼驱赶的是心病

2022 年 5 月 2 日

文　字

如果不是那次误入草海
一千年了他也不会尝到
水的甜潜在水下

如果不是那次追逐闪电
一万年了他也不会嗅到
火的香藏在火里

他看见一尘不染天空的蓝
他看见一望无际草原的阔
他说远方多远啊是命

他追忆绵绵不绝山外的山
他追忆源源不竭河上的河
他说亲人多亲啊是运

母亲掰开所剩半个土豆
拿到嘴边复又递给他
他的泪水在打转

那满山坡的麋鹿在唱歌
那成群的牛羊在跳舞
他把口信传过去

那繁花一簇簇叫春天
那瓜果一箩箩叫夏天
他把口信传回来

他的猎狗捕获三头花脸小野猪
他在锅庄重重划了三条线
他记下女儿今天的愉悦

他的蓑衣引来九只白眉大雉鸡
他在墙壁浓浓画了一团麻
他记下儿子今天的反常

哦，好比春天酿造雨水
他在甲骨刻满了谱牒
他在木片涂满了星空

2022年5月13日

羌　歌

一些人像山羊
巉岩陡峻也往崖上去了
一些人像绵羊
寒风凛冽也往坡上去了

人往高处走
修行
高处有山水
养神

2022 年 5 月 25 日

火　种

下雪的时候，南方是冷的
围着锅庄畅谈，院落里的牲畜
听懂了似的，变安静了一些

下雨的时候，南方是闷的
煨起小火品茗，烟云般的往事
感化了似的，变敞亮了一些

面如磐石的山，风雨无阻的人们
若是哪家女儿出嫁，火焰还会更炽烈
不舍昼夜的酒歌，漫无边际的辩答

如果爱意绵长的节日，接踵而至
前脚轻描月色，后脚淡写星图
戈多先生虚掷的诺言，一笑了之

但不论哪一个季节，火塘里的炭火
须像种子一样拢盖好，生活无非酸甜
眼前一亮的光，亘古未变的冷暖

2022 年 6 月 29 日

山　歌

有过如此冲动吧，突然想大喊一声
着了魔似的，每次走在山上

啊，突然大喊一声，就算没有引吭
心中也舒畅了许多。不论此前快乐或悲伤

这很神奇，大山和父母有太多相似之处
比如生了我，比如养了我

比如一次次索取，一次次慷慨馈赠
一次次埋怨，一次次好生宽慰

有过如此脾性啊，每次委屈
习惯性拽父母泣诉。如今父母都走了

这多么令人无助，能予泣诉的
只有大山。我注定会比大山先老去

2022 年 7 月 3 日

炊烟谣

山后的溪水日夜不停，最亲切的
是炊烟。母亲操持的生计
梵语般絮叨，如今只有怀念

哦，天上的云朵飘走了吧
莫名地惆怅。耿耿于怀的人
怎么留也留不住

不用担心我。尽管你也在意
爱，只有这么自私
我得学一下，宽宏大量

泥土里有铁，就红
心里没有铁，但也红
它们都像火塘一样倔强

两个人相爱，很容易
相处太难，且琐碎
我们已用去二十二年的羁绊

时间太长了，也很短
时间把一个人，变成了另一个人
让她代替母亲，承受忧虑

缘分啊，不存在值不值得
选择了的事，就不该后悔
那些诱人的美好，不能轻信呀

2022 年 10 月 2 日

火绒草

从迷人的天堂鸟瞰大地
唯一炫目，袅袅的炊烟
我的祖先笃慕惹牛如梦初醒
火绒草摇摇晃晃
老人们的传说有板有眼

而鸟巢肯定有神护着
风风雨雨，小小房间
藏着火焰的炽热
没有比这更神奇的了
母亲羽毛的温馨

2022 年 11 月 9 日

第二辑　草木青

腊　梅

雪，征服了整架山梁
那些高大的树木
和卑微的小草
一夜间，白了头
那些走过大山的走兽
和飞过大河的飞禽
一夜间，迷了路

而一株不起眼的腊梅
却赶在凋谢之前
抢先点燃自己的枝丫
并点燃了整个冬天的火绒草
只要土地还有发绿的力量
纵使布谷鸟不在场
春天到了，绿色的河流
照样会从山下漫上来

2005 年 3 月 24 日

一头黄牛

一头黄牛
它的名字叫勒射富野
火把节的斗牛山上
它那利剑一样锋锐的尖角
刺向一个个固执的脑门
它追赶另一头黄牛时掀起的风浪
让身后忐忑不安的男主人
迷失了自己的眼睛

那头名叫勒射富野的黄牛
一辈子吃过最精美的菜
便是燕麦的秸秆
耕种时节，犁比铧沉
牛鞅子比牛脖子粗
它身后犁出的沟沟坎坎
被男主人吆喝成它的路
总也走不到头

那头老了的黄牛

等身后的男主人也老了

彝山的男人举起更老的板斧

向它的往事重重地砸去

它以男主人祭祀品的名义

完美地结束了一生

它的使命完成得如此简单

跟它无数的兄弟姐妹

一模一样

2005 年 4 月 19 日

高鸣的绵羊

一条穿过山腰的小路
我走了一千遍，第一千零一遍
一千只绵羊，在山冈上高声齐鸣
它们归心似箭，把几个陌路人
误作自己的主人，祈盼着
有人指给它们回家的小路

那只领头的白羊，三年前
我便认得它，它是寨子的头羊
人们都叫它约格哈甲
彼岸的大鸟，曾经传唱它的歌
山下的油菜花，曾经幻想
它的美，如今它老了
身后的羊群，一下子
多愁善感起来

2005年4月21日

迷路的猎狗

山上的树木，所剩无几
山，也显得比以往更高了
一眼望去
很难望见一只大鸟的翅膀
或者一头猛兽的身影

一条习惯了撵山的猎狗
在山上打量自己的脚印
那曾经洒落欢声笑语的小路

一条习惯了高山的猎狗
现在总算可以休闲了
反倒让它莫名地心慌

一条寻找家人的猎狗
在山上走来走去
终究走失回家的小路
它在一块大石上干坐了三年
最后无声无息地死去

2005 年 4 月 21 日

一群蜜蜂

我在小凉山上转悠了二十几年
二十几年的小凉山
如一帙背景苍莽的画册
被我翻烂了其中的几页
如一位美人，被我看得
自己的眼睛苦苦的

我被一群蜜蜂萦绕了二十几年
二十几年的蜜蜂穿越我的春天
我的衣裳有了鲜花的颜色
二十几年的蜜蜂戳刺我的冬天
我的骨骼有了雪水的质地

当我登上另一座山
它们的脸是那么灿烂
苦苦的小凉山
因它们的那点蜜
甜了很多年

2005 年 4 月 22 日

红公鸡

只有一只公鸡
叫不醒村庄
更叫不醒早晨

一只红公鸡
声嘶力竭地啼叫
客人就这样走了

当黄昏来临，人们一次次
把红公鸡掷向门外
直到鸡头指向东山

人们终于把翅膀折断
从骨干的隧道聆听
魂魄的声音

一只红公鸡
让听天由命的人们
宽慰了几天

2005 年 4 月 22 日

苦荞花

苦荞花开，一亩又一亩
这是夏天，早开的花早谢了
晚开的花，晚着呢
我骑马从旁路过
想起春天，想起一种美
想起一个朝代丰满的女人
而一位农妇的眼光更毒
她像一位望穿历史的祭司
从苦荞花身上，望见了种子
从种子身上，望见了马群
一声冰雹大的轻雷响自远山
我和那位农妇同时抬头
一时大意，我们竟忘了天上
掌管风雨的那位神
它可是握有举足轻重的一票
苦荞花能不能磨出农民的粮食
有时候，只有它说了
才算数

2005 年 4 月 26 日

布谷鸟

你呼唤农民的时候
我正走向刚刚种下洋芋的山地
今年注定是个丰收年

你呼唤雨水的时候
我刚好坐在草地上悠闲地赏花
今年注定碰上桃花运

亲爱的布谷鸟
下一次你准备呼唤子女的时候
请提前咳嗽一声

我要带上儿子
牵着那条老脸老嘴的老狗
到山后去牧羊

我要让儿子去和它们交朋友
让他的一生，都不至于
挂羊头，卖狗肉

2006 年 4 月 25 日

飞越群山的翅膀

它们彼此靠得很近，互相呼唤着
它们的叫声嘈杂而有序，交响而合拍
就像非洲部落男女老少缭乱的腔调
听来叽里呱啦，但绝对有情有义
它们队列整齐，喙嘴一致，有一刹那
它们竟在天空排成一道狭长的幽径
多么优美的线条啊，可惜转瞬即逝
显然，群山之上的风暴是猛烈的
足以折断任何翅膀向远的目光
它们中的一只掉了下去，然后是两只
三只、四只……但它们没有掉转方向
向上，徘徊。再徘徊，再向上
它们终于从雪山的垭口飞了出去
它们中的一些，是第一次飞越这个垭口
而一些，将会是最后一次

2007 年 4 月 18 日

孤寂的树

多孤寂的一棵小树
它站在一座小山头
身边蜷缩仰天而卧的苔藓
和匍匐的草。一朵紫黄色的花
欲从树冠绽开，在云贵高原
蔚蓝色天空的映衬下，如此美
恰似一幅背景辽阔的油画
而春天还在路上，黎明静悄悄
只有一只小鸟一遍遍地喊
它的名字，喊得整座山的脸
红一阵，白一阵

2011 年 7 月 2 日

消逝的森林

那天，云的泪水打湿南方卜辞
雷的鼾声惊醒部落羊皮鼓
那天，风的火镰点燃燧石旨意
巫师的泥菩萨加重山的体重

那天，树苗长向天空，煽情的旅鸽
恋爱的云豹，抬起头寻找生机
那天，种子飞入荒原，怀孕的女子
哺乳的猕猴，弯下腰捡拾粮食

那天，天空晴朗，远处黑曜岩
被阳光抹上篝火滚烫的手印
那天，酋长死了，他的遗言
已成绝唱，再无人能破译

那天，来不及叹息，它们带走了孤独
带走了爱与恨、情与仇的往事
那天，来不及命名，它们消失在大海
消失在美与丑、善与恶的夜空

2013 年 3 月 29 日

打坐的风

山冈上独独一座土墙屋
一行迷路人借宿了一夜
次日早上鸟鸣时
其中一些人，脸上沾满了灰
另一些人，心中落满了尘

次日早上鸟鸣时
其中一些人，看见了土墙屋的脸
守屋人的脸，一棵老树的脸
几只小鸟的脸，山路的脸

另一些人，看见了风
云朵般的风，花朵般的风
麦浪般的风，竹海般的风
飞旋的风，跑动的风，打坐的风

2014 年 8 月 3 日

草木青

青铜青
三万年铁石，三千年心肠
炽热的，是火焰

草木青
三千年死去，三万年活来
苏醒的，是雨水

不朽的不朽，易碎的易碎
你我彼此，偶然路过
一眼，或为一世

炙手的炙手，蛰伏的蛰伏
风吹山河，子子孙孙
一茬，接生一茬

看，雪后初春狼群没入了森林
看，雨过天晴羊群徜徉在原上
草木青青，青铜青青

2018 年 3 月 4 日

动物园

很久很久以前
人活在动物世界
人怕动物，动物不怕人

后来
人和动物杂居
人怕动物，动物也怕人

现在，动物活在人世界
未曾见识人之凶悍的动物
未曾见识人之狡黠的动物
寥寥无几了

2020 年 2 月 28 日

大雁歌[1]

大雁啊大雁
你可曾飞过我故乡的天空
可曾看见我父亲
站在高山之巅牧放飞禽和走兽
可曾看见他的旱烟袋大雾在缭绕
可曾看见他的绵羊群白云在飘荡

大雁啊大雁
你可曾飞过我故乡的山河
可曾看见我母亲
坐在屋前草丛纺织青山和绿水
可曾看见她的碧纱线穿梭如炊烟
可曾看见她的纺锤轮盘旋如鹰隼

大雁啊大雁
你可曾飞过我故乡的原野
可曾看见我弟弟

---

① 译自彝族经典民歌《谷嫫阿芝》。

策马驰骋于野外的荒坡和幽径
可曾看见他的黑骏马洋洋得意
可曾看见他的天菩萨翩翩起舞

大雁啊大雁
你可曾飞过我故乡的溪谷
可曾看见我妹妹
赶集嬉戏于溪畔的麦浪和花海
可曾看见她的杨柳枝轻轻抽打小草
可曾看见她的百褶裙潺潺哼唱轻歌

大雁啊大雁
你可是天边信使谷娱阿芝
可曾看见我童年的阿薇
人群中频频回首，夜幕下倚门望月
可曾看见她孤单地徘徊
像极了我一个人徜徉在陌生的街市

2020 年 12 月 8 日

青铜鸟

什么在响。鹰飞过天空，轻如微风回到花丛
我的父亲对了一夜山歌，星辰洒落，醉了萤火虫

没有错，快乐如同石头在泥沙里俱下
没有对，痛苦如同花朵在旧衣下枯萎

没有怨言，白刺枝之上雨水的光芒在盘旋
你不知道，越来越沉默只因无所以谓

春夏之交的风吹倒过你，为了我
更显单薄、夸张。眼睛是世上奢侈的门

无尽的双引号，经度左右，纬度上下
太阳岛起雾，银耳环做梦，安然如素

仿佛一个世纪，我的父亲消逝如烟云
青铜鸟眼神无邪，满山树叶变红了，变黄了

2021 年 10 月 15 日

凉山马

村庄如此静谧。炊烟袅袅
仿佛在替每户人家，深呼吸
山冈好耐性。过了很久很久
一匹马，还在夕阳下嘶鸣

山，高是高了点，你埋头登攀
脚下打滑的是巨石，是月亮，是水
坡，陡是陡了点，你一步三叹
背上沉默的是麦浪，是火种，是岸

那日风和日丽，你眼神温柔
父亲脸上，滑过一抹亮
你对自己的妥协，犹如美德
王子们，公主们，若即又若离

需要你，在人山人海的节日
我虚构风度蹁跹，我听到掌声响起
需要我，在苍茫如幕的山冈
你痴迷荞麦微苦，你幻想火塘微醺

哦，故乡渐行渐远，如果近一些
你是天生的友伴，善解我意
哦，你与生活的战斗，由来已久
魔术般地炫耀，像光闪过

不过也罢。兜兜转转，我们徘徊
跟着溪水潺潺，我们学流淌的样子
不过也罢。浩浩荡荡，我们远行
跟着列车哐哐，我们学周游的样子

2022 年 1 月 23 日

星　空

这独自辗转、温情的惆怅
那年有来客，火光灿烂
五月的夜莺没心没肺地唱
有什么憾事，被遗忘了吧

这令人着迷、静穆的夜晚
满天星斗辉映，爱深邃
持灯盏的人痴痴仰望星空
有什么怀念，被唤醒了吧

想起父亲，悠扬的牧羊曲
想起母亲，婉转的口琴声
想起二哥，满山追逐的石子
他们真狠心，丢下我，徘徊

如果天上一颗闪耀的星
对应地上一个逝去的人
一颗父亲，一颗母亲
还有一颗，炯炯好似二哥

2022 年 5 月 3 日

果 色

云雾下的青苹果应该挂满枝头了
这多少令人欣慰。多年后驻足回首
光芒山的花香，咫尺外扑鼻而来

通往山腰的土路，搬至山脚的炊烟
几只雏鸡你追我赶，小心地觅食
我停下脚步远远望，不想惊扰它们

没有一块土地空着，果树下绿肥
没有一个人闲暇，果园里攀谈
这片土地赐给人们的甜，不止蜂蜜

想起阿芝嫫蹩脚的普通话，忍俊不禁
她把文绉绉的广告词，说得像唱戏
还自信得可爱，说她的苹果骨子里有土

阿芝嫫春风拂面，眼里绽放不凋谢的花
我帮她嫁接过果木，修剪过果枝
帮她挑选过果苗，叫卖过满山的果子

直到最后辞别，她都没有说一声谢谢
她的大大咧咧。她脸上荡漾的苹果红
宛如一轮暖阳，犹自照耀我心空

2022年6月11日

云　海

一次偶然，旭日像一颗红心
翻至远处大象的脊背，心微微颤

草丛间几只虫子比试韧性，叶上露水欲滴
静谧的大地曦光流淌，曲径已见分晓

这缓慢的人世，晨雾慢慢升起
一些山丘幻若岛屿，俯瞰荡起的涟漪

觅食的羊群蹄声嗒嗒，树林鸟鸣啾啾
村庄传来的喧闹，撩拨炊烟的味道

这白茫茫的云海，宛如千家万户晾晒的棉絮
柔情脉脉抚慰了生灵。今天是个好天气

大海应该也是这个样子吧，浪潮下
两两相随一对对天生的欢喜，流年的万物

2022 年 6 月 19 日

蔚　蓝

那些年我们一起追过的风
不知吹向了哪里。棉絮般的云彩
飘来了一朵，又飘来了一朵

明天多好啊，你带来年猪腊肉
我带来茶叶，她带来香米
小小年纪，我们谋划着未来

满山坡是操场。鸟窝让它再温热些
蘑菇让它再长大些。绵羊群吃草
我们练习长大，幻想成熟后的闪亮

我们分成两个阵营，一个队乔装
一个队侧击。打仗肯定是假的
争抢阿芝嫫是真的，谁不喜欢红润

展开披毡，我们有了飞起来的鲁莽
鹰在天空盘旋，心在心里盘旋
远处山脊遮挡了视线，痴痴地想象

站在高处的人，指着远方激荡

阿芝嫫唱着山歌，手里轻轻摇动枝条

可惜近视了，我仰望过透凉的蔚蓝

2022 年 10 月 7 日

地　衣

突然望着远处的山坡，发呆
上个礼拜还很葱绿，抹了油一般
发出闪闪光，此刻泛黄了一些

转眼端详院落里的树木，秋意到
有一片叶子赌气似的，落下来
去年也是如此，我把它擦了擦

阳光是温暖的，这万物都喜欢
太阳一出来，万物的毛孔张开了
万万年了，世界仿佛昨夜才诞生

光阴一点点流逝，人生很短
而落日是仁慈的。沉默的顽石
欢呼的雾气，生命因此而鲜活

花朵绽开了养眼，蜜糖澄澈了甜润
果实聚集能量，翅膀驮着我们飞
蘑菇呢，梦幻啊。雨水呢，爱意啊

而大地的衣服奇装异饰，但草木的
叶子，最值得赞美。红的，绿的
都是恰好。就算枯萎也是养分

明年春天，也是万万年来的愉悦吧
万万年了，它们从未欺骗过世界
万万年了，万物一代代摇漾

2022 年 10 月 8 日

春的样子

一阵微风说来就来
没有呼啸
一朵鲜花说开就开
不打一声招呼

一只小鸟学会了飞翔
溪流学会了消磨时光
大地上万物呼应着起身
爱怜全凭一时好感

眼睛暴露了思绪
心跳证明了慌张
喜欢就把心藏在心里
说这话的人
开始掂量爱情的轻重

2022 年 10 月 19 日

野草莓

天色渐暗。午后的阳光柔和
像反刍的羊群，慵懒憩在河滩上
满目青山暗了一些，有鸟飞过

我怅然想，会有多少树叶
正在等着被风吹落呢。这个季节
疼痛显而易见，伤心无法言喻

那个夏日的早晨，幽寂的山谷
晨曦洒出光热，铺满山坡
露珠透出晶莹，挂在草上

瀑布的高歌，群山敞开了胸怀
野草莓的善良，酸楚不解风本意
阿芝嫫步履轻盈，脸上绽放星光

哦，春日的花，冬日的梦
遗忘了欢声，也遗忘不了眷恋
如今突然想起，恰如一股暖流

而秋日薄雾蒙蒙，雁阵想入非非
如今突然想起，多么不合时宜
但又如此温暖，那白里透红的甜蜜

2022 年 11 月 10 日

第三辑　山歌王

二　姐

月亮，空前地圆
它像一盏车灯
照明夜行人的路

我就是那个夜行人
去借一枕美梦，打算
给苦累了的白天
一夜的风景

我是孤独的
却从不低头赶路
我从夜的相册
撞见寡言的

远嫁他乡的二姐
二姐紧紧拉住我的手
泪眼迷蒙
千言万语的样子

整整一夜

我都认真地听着

夜空，没有一粒灰尘

2005 年 4 月 23 日

合　影

一群岩羊躲进了岩穴
假如我也躲进那个
埋藏经书的深坑
待我蓄发出来
你还听不听得懂
我操持的方言

一行文字没进了尘灰
假如我也没进那片
海浪般席卷而来的笑声
作为素未谋面的兄弟
你能不能觉察
我肌肤的疼痛

兄弟啊我的好兄弟
把我们的爱定格下来吧
最好用照相机
其中突出的部分是你

你后面是我。多年以后

至少，我们留有发黄的合影

2006 年 1 月 3 日

咳嗽的夜

一声高过一声
像是咳自山外
却又特别地响亮

沉睡的夜
让细微的呼吸
粗壮起来
母亲弱不禁风的身影
明晰起来

掐指一算
真有几日没有回家了
夜里，有一点担心

2006 年 2 月 27 日

父亲的眼睛

天还没有完全黑下来
街上的灯火像准备捕食的候鸟
一盏跟在一盏后面，用后现代的手法
打开夜的领地。远处的群山
像静卧的大象，如果我说它们像一群
吃饱了打嗝的野牛，估计也没人反对
而天边跳出两颗星星一眨一眨亮
像在暗示什么。我不禁打了个冷战
多年了，我已忘了仰望星空
更不要说歌颂蓝天。我忙于举手致意
低头赶路，头顶上的辽阔
那无以知晓的天堂，好像不曾传说
而此刻，天还没有完全黑下来
两颗星星在天边一眨一眨亮
它俩多像父亲的眼睛，扑闪扑闪地
在看我，似乎有一夜的话
欲对我诉说

2007 年 2 月 3 日

山歌王

他不苟言笑，脸像阴沉的天
除了送嫁的早晨，或迎亲的夜晚
你很难从他的眼里掏出一丝笑意
作为寨子的山歌王，他像一头公牛
让山里人在山外神气过几回
现在，夜幕拉开，松明苏醒
送亲的队伍已经落座于贵宾的席位
他也即将亮出祖传的绝技
去应答来自古代的天问。那预言
祖先童年的梦呓。对面那位歌者
看上去，也不像是省油的灯
从他喉咙里流出的格言，优美而
煽情，伴有一种莫名的忧伤
趁人们拉话的间隙，山歌王抖动舌头
猛喝了两口烈酒，但他仍不敢
草率开口。他注意到阿芝的眼睛
在丝巾后面使劲地盯着
现在他开始像一只红公鸡

把脖颈朝前仰了仰，好让声音

变得响亮一些

2007 年 2 月 8 日

阿　芝

那个拐弯一直坐着
卖冰棒的阿芝

冰棒柜还在，那个拐弯
阿芝不见了

阿芝会不会被哪个混蛋
给拐走了呢

2007 年 5 月 30 日

对爱只字不提的女人

风把她们的脸吹红，她们便以
一朵花的名义开在我心底
雨把她们的心淋湿，她们便以
一滴泪的忧伤泊在我眼里
男人把她们的梦弄碎，她们便以
一片补丁的温情缝在我身上
她们是我对爱只字不提的女人

她们是大山的精灵。有的称我小弟
有的喊我阿哥，有一位直接叫我
男人。她们是我的姐妹，我的竹马
我儿子的母亲。她们想笑就笑
从不用手遮挡牙齿的快乐；她们想哭
便哭，从不用睫毛锁住内心的烦恼
她们是我对爱只字不提的女人

而现在，五月的野花就要凋谢
六月的野果就要结实，忧伤的大雁
就要飞出向西的垭口。而现在

作为男人，我必须赶在太阳落山之前
替她们说出千年的秘密，喊出爱

2007年6月2日

洒脱的姐姐

我的姐姐开门见到山
与她密不透风的森林相比
我川流不息的街道是幸运的

我的姐姐伸手摸到云
与她石头遮盖星星的黄板屋相比
我低头不见大地的高楼是幸运的

我的姐姐一生以土豆充饥
与她吐不出忧愁的兰花烟相比
我白花花的大米是幸运的

我的姐姐不会说汉语
与她叽里呱啦的幻觉相比
我谓之曰诗歌的文字是幸运的

我的姐姐日出而作，日落而息
与她倒头便入睡的洒脱相比
我辗转反侧的星空并不算幸运

2007 年 8 月 3 日

游　子

雨天出门的人啊
请不要问路
不要把地图
像翅膀一样四处伸展
不要让土气的方言
去触痛他人陈年的忧伤
那迎面走来的男子
他是他人的至亲
那擦肩而过的女子
她是他人的挚爱

2008 年 7 月 24 日

星　辰

他的爷爷是古板的，甚至过于正经
一声拖得冗长的咳嗽之后，他的童年
穿过了山谷。他仰望着峰巅
呼吸困难，差点窒息

他的父亲是刻薄的，甚至过于尖酸
一声挖空心思的感叹之后，他的少年
翻过了垭口。他聆听着格言
心跳加速，差点昏倒

他的酋长是世故的，甚至过于较劲
一阵强颜欢笑的哼哈之后，他的青年
走进了小镇。他斜视着烟囱
那冷笑，锋芒之刺的冰

他的儿子是时髦的，甚至过于自由
一瞬佯装致意的问候之后，他的中年
来到了小站。他追逐着车流
那白眼，尖锐之铁的凉

他仰望着，聆听着，斜视着
追逐着——他的老年也慢慢不远了
现在，两杯酒下肚之后，全世界
都是他阿牛一个人的了

2008 年 12 月 9 日

世界的孩子

很多时候，我们
连三岁娃娃都不如
他呆头呆脑，没有烦恼
他笨手笨脚，没有忧伤
他语无伦次，无恶意
他忘乎所以，不在乎
他像一张白纸，但不记仇
他像一杆火铳，但不避讳
在他天真的眼里
没有贵贱之分，敌友之分
没有欧罗巴人与蒙古人之分
所有路过他身旁的人
他都一概认定为
亲人

2014 年 9 月 16 日

母亲的声音

起风了，云的衣裳马群般嘶鸣
雨越下越大，东北方向天黑了
牧犬在狂吠，羊群追赶羊群
火塘在等候，炊烟催促炊烟

河对岸戚戚唤儿归的妇人
嗓子沙哑，语词凌乱
声音甜美而急迫
母亲也曾如此呼喊我

时候不早了，她站在河岸喊
甜甜的名字，她沿着小路喊
焦急的名字，她冒着风雨喊
淘气的名字，她喊醒了星星

怪只怪他把阿芝落在了山上——
突然他掩面哭泣了起来
像个没了爹娘的孩子
突然想起了爹娘

2015 年 6 月 30 日

风中的骑手

土墙是他们的
箭矢是他们的
他们来过

金手杖是他们的
银耳环是他们的
他们来过

锦绣的马褥子是他们的
枣红的牛仔帽是他们的
他们走了

坼裂的胛骨是他们的
灵犀的咒语是他们的
他们走了

他们走了
风景区是我们的了
他们走了

博物馆是我们的了

他们走了

风雨是我们的了

他们走了

云朵不是我们的

2016 年 11 月 16 日

等　待

一位母亲背负柴火，走回家
一个男孩踉跄着，迎上去

“站在那儿，妈妈，不许动
不许动，妈妈，等着我”

一位母亲立正如果树。她在等
她三岁的小男孩，长大

2018 年 6 月 2 日

少　年

走着瞧吧
看谁最先老去

被牙齿咬了一下
舌头喋喋不休

不急哪，聚散有期
悲喜无常

2019 年 3 月 12 日

被遮蔽的鸟

有时候我莫名觉得
自己是只被阔叶
遮蔽的太阳鸟
比如郁郁不得开心志
比如与老婆冷战

细思量也释然
这说明
我乃一凡人
自我感觉与众厮一般
偏于良好

2019 年 3 月 21 日

过　客

你遇到了谁，在晴空下
谁是蟾蜍，谁是蛇
在雨天，在落日的余晖中

你遇到了谁，在星空下
谁是狐狸，谁是狼
在白日，在浓雾的包裹里

你遇到了谁，在众目下
谁是麻雀，谁是鹰
在广场，在游移的面孔后

你遇到了谁，在尘世间
谁是俗子，谁是佛
在屋宇，在较劲的炉火旁

你到底遇到了谁，在心扉
天上的云彩总归会飘走
一阵风，嗖一声也不见了

2019 年 3 月 28 日

游牧的伞

打黄雨伞的母亲
站在山坡上远望的时候
像一朵绽开的蒲公英
周边花花草草都靓了

如果她的百褶裙摆动起来
融入花簇般绚烂的姐妹们
她们扭成闪熠的河流
一路吸引男人的目光

更多时候，母亲自己
宛如一把游移的黄雨伞
罩住我。风往北吹
雨往南打，我都淋不着

2020 年 11 月 13 日

雪　人

去之又去不得不去的门。灯火阑珊
我的母亲知略渊博，她是个文盲

九眼之人，赶着云朵般的羊群走过人间
九心之人，抛开石臼般的杂念见过世面

鹰隼在那里盘旋的时候，我以为情不足以道
云雀在那里鸣唱的时候，我以为爱不值得说

凌晨三点的泉水，明晃晃的月亮落进桶里
一条羊肠小道，通往白雪闪耀的山

铁灯草，火绒草，披星戴月，隐隐约约
世界这么静，仿佛针从未落到过地上

夜色如此斑驳，我的母亲不见了
溪流言辞有意，传到耳边时而高，时而低

2021 年 10 月 17 日

捉迷藏

多少年过去，患得患失
这算不了什么，一切绚烂
总会褪色。花朵装扮漫山遍野
不仅仅只为了，给你看一眼

你知道地球是圆的，多么不易
你知道星辰那么远，多么不易
你知道淤塞的河道，要疏浚
你知道决堤的泪眼，要涌流

没有光，眼睛能有什么用
没有你，我该多孤单
哥哥啊，哪有那么多浪漫
一天一天，便是永远

那么我们坐下来，聊聊吧
就像当年一样。或者玩游戏
一起丢手绢，捉迷藏
只不过这人间未曾丢失过沉默

2021 年 11 月 7 日

空无一人

客人来了，而你呢
泉水啊，你在欢呼吗

有一些悲伤，宛若烟云
比如你说我笑的那个午后

你知道那座老屋
至今屹立，悬崖也是

爸爸呢，妈妈呢
哥哥呀，小草啊小草

没有谁是先知，没有谁是先觉
大海无边，天空无际

所谓不言，只因你懂
所谓不语，恍如隔世

天空湛蓝，是你的湛蓝

长河落日，是你的落日

车来车往，好，熙熙攘攘
烟波浩渺，好，朦朦胧胧

冥冥中之执意啊之冷意，哥哥
有一种心碎，叫转眼即永别

2021 年 11 月 27 日

父　亲

回乡路上，风在身后
童年翻滚过的山，在我眼前

时不时想起父亲，他是个羊老倌
时不时想起，他时不时骂我

天空，母亲的天空蓝
泉水，母亲的泉水甜

父亲百无一用，他无情
儿子尚未长大，他不吱声就走了

父亲无所不能，他仁厚
儿子尚未长大，他倾尽了所有

父亲一无是处，他自私
儿子尚未长大，他只留下虚空

父亲爱意博大，他慈善

叫儿子长大了，想耿耿喊一声

母亲，天空是你的天空蓝
母亲，泉水是你的泉水甜

但是母亲，慢慢地
我会时不时想念他

但是母亲，慢慢地
我也成了父亲

2021 年 12 月 8 日

牧羊人

曾有这么一日。在这一日
你睁开双眼，反复打量这个世界的善恶
人间有爱，或许也会有恨
不过没关系，你总算日夜兼程掠过了
尽管风尘仆仆，目光仍有神气

曾有这么一日。在这一日
你张开双臂，幻想自己长有风神的翅膀
路上有山，当然也会有水
多么幸运哪，你用火镰燃起一簇火
来自午夜深处的人，远远看得见

曾有这么一日啊！在这一日
你合上双眼，把大凉山的肖像留给身后
算作告别，其实也算妥协
不过值了，沾亲带故的人们
在谈起你时，就像谈论一名战士

2022 年 1 月 11 日

攀登者

在高山上
雪下得大的时候
是会埋死人的
这谁都知道

在高山上
风刮得冽的时候
是会冻死人的
这也谁都知道

谁都还知道
雪是一片一片
一片一片
飘的啊

谁都还知道
雨是一滴一滴
一滴一滴
落的啊

但因为兹洪尔碾
但因为珠穆朗玛
他们一拨一拨
一茬一茬
有的出于喜爱
有的纯属勇气

但因为拔泽尔图
但因为冈仁波齐
他们咬了咬牙
鼓了鼓劲
有的神奇归来了
有的至今没有回

2022年1月29日

我的巴比伦

她是天上掉下的
馅饼，向来油腻

她是无中生有的
痴狂，天生霸道

她是芝麻大小的
王国，守候有家

她是欲言又止的
修辞，只有我懂

她是清晨准时的
闹钟，可爱至极

她是晚上晚点的
絮叨，可恶至极

她是足可恕我的

宽容，一种幻觉

她是站立路口的
木棉，风风雨雨

她是我在世间最纠结的
热爱，莫名牵挂地孤单

2022 年 1 月 29 日

嗨，先生

嗨，先生，时间如流水，易逝
且珍贵。不过一切都还来得及
苞芽刚吐露，蓓蕾才打开

去吧，旷野上的草木多率性
蛤蟆多淘气，像你一样
蹦蹦又跳跳。春天多美好

而先生，鸟鸣福音般清脆
花朵和草莓，散发甜甜的气味
葱绿的青春，不必想太多

蔚蓝的路上，会有风，会有雨
夏日的蜂蜜，秋日的浆果
晨曦温情的云，月夜善感的雾

当然还有落叶的忧伤，雪泥的焦灼
天上掉馅饼，绝对没有影的事
天下没有免费的午餐，对着呢

而先生，一生只够默念一件事
很多人不是半路迷失，就是望而却步
老人脸上的褶，不会白白皱的啊

2022年11月3日

第四辑　西南谣

故　乡

故乡就在脚下
再怎么用力踩
她也不会喊疼
千百年来
她已习惯了
我们的摔打

故乡有很多这样的人
他们习惯了苦和痛
无论穷到何等可怜的境地
照样谈笑风生
你很难从他们的身上
体验到生活的艰辛

2005 年 3 月 15 日

西朵拉达

荞麦金黄，果实充满阳光
耳熟的山歌飘自远山
落进心田，有如天籁般舒缓
亲人的音信翻越火塘
抵达彼岸，不受污染地干净
是哪一朵白云驮来的母语啊
那么标准的乡音，让故乡的雨
溢出一个男人的眼眶

待我对月把酒，欲泪还羞
一列火车从西朵拉达驶过
穿透秋风，穿透夜色
穿透北部方言颤音的源头
我本该不是客人
却胜似客人
下一站，应该叫宁蒗
家谱是你千年的餐券
彝语是你万年的船票

2005 年 9 月 21 日

倔强的河流

这条河流
自我出生那天以前
已经在倔强地流淌了
不论刮风下雨
它都没有请过一天假
哪怕是一秒钟
它也不会为谁而停留
如果我有它的那股倔强劲
我也会有游到大海的一天

2006 年 1 月 3 日

丽江古城

磨得发亮的石板路上
寻不见众人的一个脚印
这正好说明，闲步而过的人
数量之众

源于雪山的溪水
流过小巷小桥
在几千年后的今天看来
像陈年的老酒，愈发醇香

来自时尚都市的游客
放慢脚步，悠然地走着
像是真的回到了从前的从前
那么老练、那么单纯

2006 年 1 月 30 日

鼻梁山

到我二弟家，需要走三天三夜
外加一袋烟工夫。父亲眼前
一条凹凸不平的羊肠小道
脚下云南宁蒗大关坪

越野车像漏风的筛子，左右颠簸
上下跳跃，穿行于莽莽森林
穿行于高山深谷。一分钟
有时候真有一个钟头那么长

咱俩就像神出鬼没的五月獾猪
一辈子，难得见上三回面
其实咱俩，一个母亲的儿子
父亲心头潮湿，眼睛模糊

围绕一架山梁，我们拐来弯去
三个小时的尽头，溪水冰凉
泪水火热，四川盐塘乡的炊烟
正在缭绕父亲吐出去的云雾

鼻梁山啊，三个小时越野车的距离
你竟隔离了两双眼睛充满忧伤的一生
而在那个该死的年代，你硬是立在
凉山大地，从来没有矮下去的意思

2007 年 1 月 11 日

神　山

我的高山有风，但它不会起浪
多数时候，野生动物是温和的
天然植物是善良的
河流与泉溪，偶尔也会发怒
但不是你想象的那样坏脾气
一股冷风从雪山吹下来
把我长发吹成了森林
脸上不仅冷，甚至有些冰
但也没有你想象的那么小心眼
我的高山不通电，所以树脂精灵
松明普度众生；我的高山不通公路
所以翅膀裸露，云朵擦亮马匹
我的高山不通自来水，所以雪是洁净的
就如牛羊弯角的旨意，雨后泥香的方言
我的高山站得高，不用低头应答
我的高山长得土，土得像神

2007 年 1 月 28 日

宁蒗的蒗

你说你不会拼读宁蒗的蒗
这并不奇怪，与你的阅历和学识
也无关联。它仅仅说明
你从未到过此地。翻开《现代汉语词典》
宁蒗的蒗的确形单影只，孤寡落寞
它虽然与浪同音，但一点也不浪漫
一点也不多情。它仅仅和宁字
组合成一个彝族自治县
但对我而言，这个字就是巢
就是家，就是土豆，就是燕麦
就是给我生命的母亲，就是祖国
此刻，我就在这个字所覆盖的土地上
谈情，说爱，娶妻，生子，做梦

2007年5月29日

无邪的山寨

寨名大关坪。树木内心深藏传说
神出；讲给子女和轻风的故事
鬼没。神话和古歌编织的故乡

早安。杜鹃花开急，布谷鸟语慌
绵羊群咩咩吵醒睡懒觉的年猪
苦荞花沙沙打开粗心大意的栅栏

耕牛闭目养神。云雾升自壮年男子
土豆做的烟斗，传说中翻滚的姓氏
滔滔汹涌。前尘往事一闭一合地亮

晚星星。牧童挥舞青冈鞭子
识途老马响鼻由远而近。门轻掩
隐去夜色，做天下最神的梦

烧熟的陨石熏黑苦艾，洗白青刺果
一家人围坐一团。哈气、谈笑、吟唱
铁锅庄红着脸，等候主人一声感叹

寨名大关坪。冷凉，神出鬼没，小
只容得下七十二口人。不称心的
都已搬走，留下的男孩无邪

2008年1月18日

万格山

拉基觉果向东仰望的山
名叫万格火普，一条羊肠小道
从宁蒗县城系着它的腰
拉基觉果向东仰望的山
我的出生地，梦里常回的故乡
它像一尊佛，端坐在白云之上
无论脚下发生什么，一声不吭
拉基觉果向东仰望的山
陡，有狼，曾是棕熊出没的森林
只有父亲的几杆猎枪，自由出入

拉基觉果向东仰望的山
我的母亲远嫁而来，她逃了
一千次，第一千零一次
父亲蒙住她的双眼，恐吓说
前面滚滚金沙江
传说中卷走两岸巨石的江水
吓出她一身冷汗，并回心转意
生下我哥哥。其实父亲所谓的

金沙江，不过山涧一条小溪河
而我的母亲信以为真，为它
耗尽了一生

2012 年 1 月 11 日

通天河以西

滚滚东逝的通天河
载着干净的树叶，和洗脸的水
流向山外。河岸蜿蜒的柏油路
载着怀揣梦想的青年，和破旧的小汽车
穷追不舍。云彩像布娃娃
悬在空中；雪山像妇人的罗锅帽
挂在天边；调皮的风使出浑身气力
吹乱了部落煽情的歌谣
而不远处的山头，一棵松树
站在山冈上呜呜地哀鸣，像个
回忆往事的老者，情不自已
树下一位少女正遥望远方
发呆，似是想借一个人的肩膀
卸去群山的寂寞

2012 年 7 月 6 日

海的诱惑

雪一样白的云朵铺到古滇国
一架叫不出名字的山梁之后
啪的一声，融化了
空阔处，山外更青的山

我一辈子生活在高地
被浪涛般绵延的群山所淹没
我想象中大海的样子
母亲的呼吸，草原般寥廓
情人的妩媚，森林般芳香

我想象中大海的样子
无边无垠，像托斯卡纳的木桶
竹篾箍紧的靴子，盛满深蓝色的葡萄酒
若可奢侈一次，只想扑进她的怀里
痛饮千杯

2012 年 7 月 11 日

山东山西

天空没有路，鹰的翅膀扇开路
云飘向何方？春天花云雀
今年见到的脸色，总与去年见时
一样土，风为谁颤鸣

记忆起，象群般依偎的山
把茅草屋扛在肩头，拂拭苍穹的样子
错综的河，把它们拉得很近很近
走亲访友，却要一湾又一湾

记忆起，父母已老，他们
传给我忧郁的脸、煽情的歌谣
却没有传给我抚慰灵魂的秘籍
回望来路，心常常乱作一团

记忆起，我是凉山土著的后裔
而三百年前埋藏毕摩经书的岩穴
到底位于山东山西，还是河南河北
他们闪烁其词，没有回答

你呢，站在都市高楼下

我知道你距离妻子尚有三十三盏红灯

距离故乡尚有三天三夜车程

距离远方，近一些了嘛

2013 年 10 月 23 日

群山之上

山冈上去年积的雪，丝绢般
装饰着天际，万万岁的风
吹着万万年前的口哨，向山下喊
春天。白花花的绵羊群
像河流，流淌在河谷，流淌在牧场
这父亲的银锭，母亲的铜铃
大地在蹄子与蹄子的碰撞声中
孕育着重量。水灵灵的牧羊女
遁入冬眠的草甸，唯有头上被晨曦
染红的丝巾，风中桦叶般招摇
此时埋头犁地的耕牛，一步三晃
拉着贫困与富足；驮运粮草的老马
一声三叹，背负山路和炊烟
此时鹰击长空，旋即退隐岩穴
只留下一曲长调，久久回荡
云雀越飞越高，越飞越小
最后像几颗落在蓝布上的花纽扣
嵌入天空。此时山上也绿了
牧羊女阿芝怯怯地从羊毛披毡下

探出头来，脸上泛着红晕

像一朵含苞待放的花蕾

2014 年 1 月 11 日

太阳以西

我曾无数次想象
想象玉龙雪山以西未知的世界
想象它有万种风情
每天清晨醒来，白银之灯
准时在雪山之巅召唤

今天在去往香格里拉路上
杉木沉沉的云雾慢慢升腾
散开，旋即露出雪山洁净的面庞
峰峦如刃，阳光映照着江水
金沙磨石声，在山谷回荡

一朵紫蓟花，悬崖边死死盯着我
它认出了我，并认出我的刺
它打开风的栅栏，笑得多么甜
一只小蜜蜂，从花的睫毛起飞
嗡嗡两声，落回花的脸颊

空中，恍惚有只雄鹰在翱翔

心中，恍惚有张油画在闪熠
我好奇问江边闲坐的藏族阿妈
对面雪山名字叫什么
藏族阿妈笑答，玉龙雪山

我曾无数次想象
想象玉龙雪山以西神秘的世界
今天当我真切走到它身后
我竟像个远避尘嚣的游僧
翙翙绕过了虫鸣

2015 年 8 月 12 日

蓝色的山

这是十月。山坡上打转的母绵羊终于卸下
甜蜜的幸福，甜蜜地咀嚼秋天的金果

这是十月。倏然轻松下来的母绵羊肆意踩踏
黄金家族的草籽、麦粒、坚果，像是踩踏
郁积的倦怠和愤慨。它确实受够了不堪之负

这是十月。咩咩两声，母绵羊背后一道红光
秋天竖直了耳朵。母绵羊四处张望
微微躬身。一个母亲像极了母亲的模样

就在这一刻，高山上的众神齐声唱：
头顶上湛蓝天空的湛蓝，是它身上升腾的湛蓝
脚底下碧绿湖水的碧绿，是它身上流淌的碧绿

就在这一刻，牧羊人胸中的爱意隆隆轰鸣
仿佛游历于天际的古滇羊，隆隆归来

2016 年 7 月 31 日

云南的云

云朵落下来
云朵长成了雪山
翅膀落下来
翅膀长成了森林

星辰落下来
星辰长成了古镇
雨水落下来
雨水长成了温泉

喜怒哀乐，酒歌声声
在山上，在山下
悲欢离合，旋舞翩翩
在湖畔，在江边

飞鸟不叹息
飞鸟绝无绝望的抒怀
走兽不退步
走兽断无断续的游弋

水深深，这云南

凉在心头，热在心头

山绵绵，这云南

春也花开，秋也花开

2016 年 9 月 21 日

万格山条约

一只獐子与我对视。打量
响鼻，错开。一切尽在不言中

邻人相见无客套，只有甜
分享。胜似万纸条约

万格山不语。盘坐，等我下山
一只獐子钻入密林，等星光闪熠

2018 年 12 月 4 日

下　关

听说下关的风
吹皱了万千人的脸
多年后，它果然毫不客气
一点也不讲故人之谊

可我一点也不觉得冷
想起洱海从你身后漫过来
整座苍山的风
都可装进兜里了

2019 年 3 月 16 日

永北城

八百里凉山到此
一顿，抬眼看
良田千顷，荷塘万亩

正要问朗朗读书者是谁
只听不远处古语悠悠传来
我已有名有姓五千年
叫金官，叫梁官

永北城的男子歌声豪迈
今日晴朗。好吧，客随主便
流淌着，任它诗情和画意

他留山的美酒等在花楼
客人醉了。且慢，总得有谁
清醒着，要不谁送谁回家

2019 年 3 月 17 日

丽江曲

潺潺是溪流。一位八十二岁纳西老翁
牵手八十三岁纳西老伴，颤颤巍巍
从容拐进古城口。青石板隐匿了旧时光

面对玉龙雪山，一万年不算长
只需朝夕的一瞥。谁在渴望
敲醒一场雪，捣碎凉，燧出火

早安，丽江！古树上炼丹喷洒的云
至今药味扑鼻；岩崖上刻画溅起的墨
从来文字清晰。老君山的峰峦在吟唱

雪山独白了那么久，我独白了那么久
谁的眼里闪出了泪花。当洞经在东巴谷
奏响，你仿佛回到了从前，侧耳听

鸟语不打诳。我宁愿相信神话是真的
没有再比泸沽湖水，更干净的蓝了
里格岛的情人树上，几只白鹭扑棱着翅膀

丽江，早安！金沙江畔的那些树木
曾淋浴风风雨雨，见证祖先动人的
私生活。一道彩虹驼鹿般啜饮着乳汁

这一刻高原壮阔。一位游子江边垂钓
鱼尚未上钩，自己却打起呼噜睡着了
那牵牛赶马交响的嘈杂，倾泻的炊烟

所有通往眼眸的路，通往这里。那悸动
和欢喜。一只甲虫打破寂静，掀起花开
而我是爱你的啊，麦草般匍匐，并荡漾

2019 年 9 月 8 日

空寂的山谷

有一座山谷叫莫雅
我在那儿做了第一次梦
梦见幼苗长成了巨树
蓓蕾开成了花海
现在我知道
枝丫往上望是苍穹
花瓣往下流乃大海

那座山谷野啊
我在那儿骑了第一次马
马后有位男孩叫拉惹
有位女孩叫甘嫫
现在我知道
来路回头瞅是趣谈
前途径直赶乃迷宫

熟悉的莫雅，陌生的莫雅
溪谷还在，山脊还在
山脊上侧耳聆听的老橡树不见了

溪谷旁踟蹰不定的白唇鹿不见了
云朵般铺满山坡的羊群不见了
梵音般抚慰溪水的蛙鸣不见了

孤独的莫雅，空寂的莫雅
巨石还在，土墙还在
土墙后倚门远望的母亲不见了
巨石边把酒低吟的父亲不见了
螺髻不见了，月琴不见了
甘嫫不见了，拉惹也不见了

2019 年 9 月 25 日

西南谣

告诉你草结之上、木桩之上、石堆之上是银河
你信吗——一个母亲，三个儿子

告诉你西南以南、东南以南、南方以南是天涯
你信吗——一座峻岭，三条溪流

告诉你抑郁的解药烧红了鸟语花香枫林
你信吗——我们忘了多少山歌

告诉你疗毒的兰草染蓝了沉鱼落雁天池
你信吗——我们忘了多少民谚

打开屋后山，万千彝鼎熠熠生辉
你信吗——洁净如雪，如水，凤凰之女

拨开门前河，万千游人眉飞色舞
你信吗——勇猛如虎，如狼，白银之子

你信吗——一定有什么力量把我神不觉

推到你面前，来不及蜕去古铜色的皮

你信吗——一定有什么翅膀需要被唤醒
回到出生地，酿出崖壁上一朵花的蜜

你信吗——那文字绘声绘影仿佛会说话
那坡上高腔令人心碎，那原上鼓舞叫人着迷

你信吗——那面庞荣辱不惊仿佛在远望
那千里之眼炯炯有神，那顺风之耳飒飒有风

你信吗——千年之前我逐水草而居，枕星光
而眠；千年之前我出门看天色，进门看脸色

你信吗——你的孤独，千年之前那人的孤独
只不过那人饮鸟鸣而解忧，你坐闹市而无言

2020 年 12 月 11 日

凉山曲

连绵的山，大海很远
太平洋的雨水，沿蜀道飘飘洒洒
印度洋的云雾，卷季风走走停停
花朵借给翅膀最初的甜蜜
落叶借给泥土最后的温暖

炊烟，那火塘气息的，炊烟
大雪纷飞中，人们一路追踪蹄印

白色羽毛的雪，落在山顶
风絮，为你披上大地的蓑衣
云朵，为你敬献天空的哈达
飞鸟，是什么染白了你的翅膀
走兽，是什么改换了你的容颜

屋檐，那母亲味道的，屋檐
太阳早出晚归地普照，石头沾了光

沉默的石头，席地而坐

星星目睹你到来，翩翩少年
月亮目送你离去，背影很长
伯乐坞收留了你的桑梓
忘忧谷放飞了你的大雁

蔚蓝，那眼含悲悯的，蔚蓝
这片树林如此静谧，鸟鸣像山歌

冬眠的树，呼吸在流动
季节的变化，古来自有规律
生活的变数，往往只需瞬息
种子绽开脸上日色和花神
马鞍送达异域银装和素裹

爱意，那父子连名的，爱意
善良没有界限，原野上麋鹿在踱步

神兮兮的麋鹿，凝神聆听
笃定了前行，水源总会慢慢近
最远的路口，恰是自己往后退
成长绝非容易事，坎坎坷坷
众生自古谁无情，美意弥久

风骨，那礼赞众生的，风骨
尘世柔软的手掌，小草迎候般摇曳

谦卑的草，足蹈手舞
没人介意一只小鸟，肆意翻飞
没人介意一头野牛，横冲莽撞
喧嚣奈你何，只听悦耳部分
繁华奈你何，只看养眼部分

礼俗，那寓意简单的，礼俗
泉眼炯炯有神，溪水美好如初生

潺潺絮谈的溪水，娓娓不倦
山川，横断向东的古道
洪流，开通往南的河谷
脚印，和它一起流淌的冲动
心灵，和它一起洗礼的虔诚

大海，那山高水长的，大海
自言自语中，河鱼一直游到了天涯

苍凉的山，万物生长
给孩子们任性的时光吧

他们也就这个年纪无忧无虑

而影子潇潇洒洒，来者形形色色

我不过人间一位匆匆的过客

2021 年 11 月 6 日 ~ 11 月 7 日

拉布俄卓的黎明

父亲一万次提过它
那是他的黎明
母亲一万次提过它
那是她的花期

我到达那儿的时候
一个春雨迷蒙的黄昏
我到达那儿的时候
一个夏日清凉的下午

擀制披毡的老翁停下来
向我招呼的手势，像慈父
捻转羊毛的阿婆停下来
向我问候的眼神，像慈母

呦呦嘤嘤奔你而来的那一瞬
嗨，这孩童天资聪颖
嘻嘻哈哈拿你取乐的那一瞬
嗨，这表妹天女下凡

面庞黝黑心地善良的是谁
噢，我认得，是他
目光有神掌心温暖的是谁
噢，我认得，是她

家谱是一公里一公里地唠
可以绕地球三圈
逸事是一辈子一辈子地叨
可以绕人生三圈

不要说我千万次地回头
见过古人的是它啊
不要说我千万次地眺望
带走记忆的是它啊

不要说我到过那儿
毕竟走马观花
不要说我未到那儿
始终味之不尽

啊，安宁河的右岸
鹰的翅膀闪烁火焰的豹纹

啊，安宁河的左岸

牧羊人的黎明静穆如止水

2022 年 1 月 19 日

无　边

白在雪中发出的光
绿在水上飞走的鳍
它叫科罗拉多，也叫托斯卡纳
它叫马丘比丘，也叫香格里拉

万里无云碧空的蓝
寂静无声日出的红
它是仙山琼阁，也是荒漠幽谷
它是森林草原，也是海岛沙滩

星辰散落大地，珍珠港
玛瑙湾，一颗颗宝石闪熠
篝火照亮脸谱，仙人峰
玉女湖，一段段故事流传

它是花在枝头鸣，以蜂的名义
它是叶在空中舞，以鸟的名义
它是人在风中，自言自语
它是风在人间，传来传去

所有眼睛，都是它的读者
所有耳朵，都是它的听众
世界博大，静美无边
身后春去秋来，浩浩荡荡

2022 年 4 月 25 日

通往火光的小径

父亲在前，母亲在后
风雨尾随。他们晃晃悠悠走来
背影经不住时光的诱惑

到了格萨拉，月影千里
只有四户人家的原野，空空荡荡
人们引经据典，夜色消磨夜色

到了阿卓坡，泉水叮咚
哒哒飞驰的骏马，急迫的信使
父亲高谈雄辩，心灵救赎心灵

到了温都岭，烟云如幕
雁阵犹疑，背负孤寂和谦卑
母亲彷徨四顾，走不出雾锁的门

到了大关坪，大风起兮
鸟儿放飞静默，羊群追逐云彩
人们胸无宿物，流水一再变轻

到了石丫口，松香弥漫
父亲唱了最后一支歌，云雀轻和
虚实无所谓，眼里容得下泪水

到了小镇，灯焰焕然
母亲跳了最后一曲舞，凤蝶翩跹
慢下来的日子，笨拙而美好

这条通往火光的小径，与我
相识已久。足迹留下
故人旧日隐忍的爱恨与悲喜

2022 年 6 月 2 日

山那边

一万次地问，山的那边有什么
曾经沧海难为水的大海吧
大漠孤烟直的大漠吧
风吹草低见牛羊的草原吧

一万次地问，山的那边有什么
我看见花朵般灿烂的笑容
我看见泥土般淳朴的眼神
我看见柴米油盐酱醋茶的人们

一万次地问，山的那边有什么
我听见天籁般舒缓的高腔
我听见溪水般回肠的口弦
我听见月夜星空一对一的虫鸣

哦，不要问我山的那边有什么
世界太大了，我独饮这无邪的蔚蓝

2022 年 10 月 8 日

第五辑　光阴咒

穿过小镇的马车

小镇的十字路口
穿过一辆拉煤的马车
面对熙熙攘攘的人群
又老又瘦的老马
像一个做错作业的小学生
没了主见

如果此刻跑过来一匹马
与它相伴那该多好啊
跑过来的却是一头
叫作汽车的怪兽
比山上的老虎还凶猛
吓出它，一身的冷汗

惊慌失措的老马
在小镇的大街上四处躲闪
它在凹凸不平的公路边
失去平衡的时候

无人能够走过去

扶它一把

2005年3月14日

耳朵里的天堂

那个孤苦的哑巴
默然独坐在门前老树下
一脸庄重
好像有一道命令
比他的心更固执

他的嘴唇嚅嚅而动
如一只坦腹而歌的青蛙
腮帮子一鼓一鼓的
似乎有一打话
在他的脑门挣扎

但他始终不肯打开
话语的城门
似乎有一尊佛
让他宁可背叛自己
也不敢泄露天机

他那左手捂住右耳的姿势

叫人怀疑，他是在用一只手
塞住一只耳朵里的人世
用另一只手
打开另一只耳朵里的天堂

2005 年 3 月 24 日

在低处

在低处，甚至更低处
河水漫过一条金鱼的尾巴
绿色的水草顺流而下
一个骑马而过的民族
花多大的勇气
也找不回曾经的马路

在低处，甚至更低处
男孩的饭碗缺了三个口
轰鸣的石磨怒目时间的粮食
一位慈悲为怀的母亲
站了起来
又无奈地坐了下去

在低处，甚至更低处
挖掘机的尖角直刺大地的心脏
丝质的渔网撒向空阔的天空
一棵不善言辞的松树枯了
树上的鸟群逆风而上

飞向星辰散居的雪山

2005 年 7 月 22 日

内心是空的

房子是空的
除了一个旧了多年的杯子
杯子是空的
除了几片因过夜而萎缩的茶叶
茶叶上过分夸张的齿痕

内心是空的
除了一双呆了多时的眼睛
眼睛是空的
除了眼珠子里往事模糊的凝视
凝视里已经化脓的创伤

一个喜怒无常的男人
此刻，毫无表情地坐着
他真是没有什么想法了

2006 年 1 月 17 日

美好的时光

上山砍柴，下河挑水
坡上放羊，坡下牧马
父亲们能干的活，拼着干
母亲们能干的活，学着干
饿了，三个耐寒的洋芋
渴了，两棵圆根蔓着
一段足以载入个人史册的时光
现在回想起来，还有点甜蜜
有点幸福。那些一辈子走不出
大山的童年伙伴，却并不这么看
我记忆中最美好的部分
在他们看来，正如他们的今天
一点也不美，一点也不好

2006 年 1 月 31

光　芒

风吹海岛。树叶摇一下，阴影晃一下
蜥蜴咀嚼鱼头，巨大卵石吞噬羽毛的哀伤

荒凉无边无垠。草淹没草，花淹没花，泥土淹没泥土
野马独来独往，回望一眼，旋即逃出视野的边疆

斯人独坐江岸。晚霞与炊烟，分不清楚谁明谁灭
夕阳已老，最后的红，被雪峰之巅的鹰吮吸干净

尖锐地痛。他们甜言蜜语，你铁石心肠
孤独不等同于躯体的落寞，却注定是心灵的冰凉，暗暗地亮

2007 年 6 月 18 日

盲目的夜空

窗外的灯火星星点点
凌乱而凄美。人间距离天堂
太远了，梦幻般虚假

我们像夜行动物，像一颗颗
摇曳的果实，飘飞在盲目的夜空
一万米之下，萤火虫点亮了翅膀
像发光的玻璃碎片：那些大城市
那些夜晚荡漾、凌晨出发的山丘

而那些因粗心而滑落的忧伤
会不会砸向那颗不幸的心脏
会不会给他以沉重的负担

2007 年 11 月 3 日

一匹辕马的哀伤

其实抛下她们撒手不管并不难
只需狠狠心，动用自由的借口
其实放弃人世遗忘自己也容易
只需咬咬牙，皈依没过皮靴的深山
其实不止一次被愚蠢而造次的泪水
打湿了枕巾，醒来，心口火辣辣
其实他和你一样俗气，爱恋可爱之人
偶尔冲动、纵情，甚至不顾一切
甚至渴望一场惊世骇俗的私奔
但在众多的身份中，有一个叫父亲
有一个叫丈夫，两个都是千斤重的担子
都意味着必须像一只雄鹰勤勉地觅食
都意味着必须像一头黄牛缄默地劳作
其实他更像一匹辕马，那瘦弱的肩膀
被皮靭牵向路的中央，左右不得
萍水相逢的人啊，请你别碰他

2008年2月6日

喇叭叫醒的黎明

追赶什么呢。一阵汽车喇叭
在一声轰响之后擦着玻璃墙壁
滑过街面，在另一辆汽车呼啸而至之前
消失在不远处某扇忘了关上的窗前

之前，几声鸡鸣叫醒了某人的呓语
之前，一群叫不出名字的小鸟
也曾如此惊扰我的梦

它们从门前老树上醒来
更远处，是一棵棵奋力爬向山顶
养活了无数斑鸠和松鼠的青冈树

2008 年 10 月 20 日

森　林

云，被风吹走了
逃不掉的，唯有天空
高楼，像一根根擎天柱
插在充满阳光的大地上
像凶禽猛兽一样霸道
一样不讲道理

而什么是道理呢
道理或是树叶落光了
芬芳凋谢了
曾经熟悉的都城
陌生了。唯有天空
唯有空阔的天空

2010年1月25日

白　夜

哑巴阿三是幸福的
他不用说话
傻子木嘎是幸福的
他不用思考

你不如他洒脱
我更甚
活得拘谨的缘由
你我心知肚明

隔壁游子的梦呓
闪电的焰火
他的不安
仿佛发自我喉咙

那夜，星光的美好
仅仅回忆一下
足以让冬天
心血来潮

风，不可挡

云，孤寂至山上

他心头的雪越积越厚

寒夜霜白

2016年2月25日

光阴咒

他不知深浅，像一条野犬
他不懂轻重，像一匹烈马
他耗光了银锭般白花花的好时光

他好不容易活到三十八岁
昨天，猝然倒在人世的半路
像天空扔给大地的一颗流星

他的死因很简单
无非一粒不长眼睛的石子
石子的起因更简单
无非一句万无恶意的玩笑

他的亲人的悲伤，缘于哀恸
他的亲人的泪水，缘于惋惜
他的亲人终将一一老去
他的音容和笑貌，终将被遗忘

终将被遗忘，不是吗

生活就是慢慢老去

慢慢忘了彼此

2016年6月29日

世　道

一排排蚂蚁
茶马古道上一排排拥过
它们原谅了公马，它们原谅了母马

一排排蚂蚁
阳光大道上一排排拥过
它们原谅了大人，它们原谅了小人

一排排蚂蚁
羊肠小道上一排排拥过
看上去像早出，看上去像晚归

2016 年 9 月 6 日

信　徒

没有一个人是轻松的
我更诡异，生来忧郁

我本肉食动物
惯常昼伏夜出
因为土豆和玉米
我停止了追逐

牛羊猪鸡
全是赌徒
因为土豆和玉米
它们亦步亦趋

输了，赢了
终究，一如草莽
朝圣者般匍匐

2017 年 10 月 7 日

原谅他们

发了十三封短信
只有一人回
内容极简单：算了吧

事实上，内容简单也好
用心良苦也罢，谁用不用
心良苦，谁知道

我关心的是
多少在意内容简单的人走了
多少在意用心良苦的人走了

事实上
我关心不关心
他们都注定走了

幸好，他们还有儿子
他们还有女儿
他们必将路过幸福的门口

幸好，我家父亲大人生前说

有人路过，应该问声好

我也给儿子如此这般说

2018 年 1 月 7 日

光

昼作夜息，俗常不过的事
日月阴晴，生活往往亦如此

世界太大，难免有一些角落
阳光照不到，星光照不到

就在这样一些角落，一些小生命
不可思议地活着，甚至都用不着眼睛

它们并不知，世界如你所见
除了黑，尚有红橙黄绿青蓝紫

2019 年 12 月 21 日

忍着不哭

如果世间没有孤独，思念
多么黯淡。雨一直下
怀旧的人，骨子里流淌着火焰

他坐在暮色深处，发呆
像一尊木偶。胸中波浪犹疑
仿佛误信蛊惑者，另一人

这是必然，花朵绽放过后
蝴蝶会飞走。一支烟
一碗酒，怀里揣着心事

失落者，涉世未深的窃喜
迷离者，鬼迷心窍的痴狂
烟云渐渐散去，虚度的光阴

想起大海还很遥远，眼里
噙着泪水。不止于此哪
有限的幸福，无尽的烦忧

2022 年 5 月 6 日

迷　雾

雨天起雾，花朵里鸟语啁啾
雪天起雾，落叶间风声融化
晴天起雾，山冈上太阳翻晒粮食

雾中的车辙在绕道，这没什么
他是这座城市菩萨心肠的悠悠球
唯一愿意和我多待一会的路人

雨天雪天他都蒙混过关了
可他没办法骗过一架冲毁的断桥
他手足无措，最后调转了车头

我们能预知什么。阳光再温和一点
我们唤醒山涧的松鼠、河狸、狼獾
那一处人迹罕至之地，蝉鸣回旋

有过这样的时刻啊，我们迷路了
哪一个方向，仿佛都被雾霭诱引着
欣然走向恍恍惚惚的陌生地

所幸雨过天晴，所幸雪后山白
所幸云消雾散的天空，特别蔚蓝
耿耿于怀的空茫，多年后如是宽恕

2022 年 5 月 22 日

春天的电台

仿佛一个古老的神话
他远道而来，脸上涂着夜色

他说那并非春天的景象
影子隐遁，隔着云层

他说上游的风徐徐，下游萧萧
云朵驮负雨水，急匆匆

他说海浪翻滚，村庄静谧
每一片树叶，都在左右摇摆

他说郊野的音乐会，起起伏伏
只有鸟语和鸣，风声伴奏

他说星汉灿烂，灯火阑珊
天上地上互换彼此的孤独

他说那夜繁花似锦，绚烂如夏

他只想私奔，沉入海底

他说得我越来越心神恍惚

他远道而来，细述安第斯的悲伤

2022 年 5 月 26 日

活　着

她们去了远方，没关系
追寻总归是好的。哀怨没关系
不可止于愁。委屈一点没关系
不等闲。这是个无限可能的时代

没关系。阿芝嫫一身玲珑归来
我的彝语久违了，她用汉语问候
我的口音陌生了，她以普通话铺陈
没关系，她直接跳过了方言

没关系。阿芝嫫治好了父亲的心病
阿芝嫫治好了母亲的眼疾
最小的弟弟也将名牌大学毕业了
阿芝嫫孑然一身，但没关系

没关系，新的一天没有孤单
活在人间苦一点没关系
我们心怀慈悲，允许打火石沉默
满天星辰啊，勇敢些、热烈些

2022 年 6 月 25 日

轨　迹

地球绕地球一圈，二十四小时的日夜
晨雾、艳阳、晚霞、夜色，十万八千里

地球绕太阳一圈，三百六十五天的跋涉
雪花、雨花、草叶、草籽，四季交替如轮回

追逐是允许的，一步一步打探路径
忙忙碌碌的飞鸟忙于筑巢，苦也不再说

变化是允许的，一秒一秒细数年华
絮絮叨叨的蜜蜂尝到甜头，怎么能停下

从日出到日落，婆娑可以分成多少份
一份醒着，一份醉了，一份爱，一份怨

生活未曾亏待谁，所谓的重蹈覆辙
或者望尘莫及，能被辜负的终究是往事

流淌不息的溪水，曲曲折折的轨道

风厌倦了疾驰，才会邂逅山间打坐的云

2022年9月10日

飘

一片枫叶灿若蝴蝶，殷殷望着江水
望着望着，扭动身子飞起来
溪谷里的风，有了蹁跹起舞的模样

飞着飞着，一片羽毛飞出鸟群
山涧里天籁般的鸣啭声，自由在回荡
心里装着浪花的人，独自学会了歌唱

飞着飞着，一朵白云绵羊般迟疑
天空盛装的雨水，积攒星辰的爱意
落入人间，原野上花朵绽开了美

太多的东西不会飞，它们隐若微茫
比如金砂，比如钻石。但它们的翅膀
耀眼、绚烂、飘逸，发出迷人的光

2022年9月15日

错　觉

恍惚如幻觉。没有过的欢喜
你知道，我们越来越老
年轻时的痴狂，善意的骗术

你未曾辜负。这我相信
一次又一次，见识了见识
而你也未曾承诺，铁石般沉默

当初若把心中浪花编成甜言
屈膝下跪送给你，或许
你早已怒放。错愕的邂逅

后来，他丢掉手里半截烟头
朝广场方向匆匆离去
我以为我的心思，你明白

到现在，我似懂非懂
唯一不变的是，河水哗哗流
我们都忘了月亮，好温柔

没有过的美。雨下了一夜
我独自听。事实上你也汹涌
像大海一样，内心脆弱

2022 年 9 月 24 日

心　结

一条老狗突然从角落
蹿出来，带着前世的冤屈
今生的怒气。这条老狗
它想摆摆主人虚妄的威风

一次粗心大意的远行
世界完全被父亲高大的身躯
遮蔽。一条老狗突然从阴影
蹿出来，满嘴咧开的狡黠

多年后，我不再惶恐
反倒对父亲心疼起来
世界这么大，哪里会没有
龇牙咧嘴的东西

2022 年 10 月 18 日

第六辑　匿名信

高原红

心无杂念的牧羊人摆放好皮靴之后
回到树下，绵羊群顺从地躺在他身旁
春意盎然的神山历经一个早晨的争吵之后
平息往事，杜鹃花蕾在一声鸟鸣中
等待着绽放。风停了下来，云也不动了
它们分明听见了千里之外一只雄鹰
短促的呼吸。阳光像雨水洒向静谧的西部
天空像一面无比辽阔的镜子，向大地
反照一切生灵的美。透过那一望无垠的蓝
我看见世界的脸。而千里之外的荒野
一位远道而来的信徒，因一场突如其来的
高原反应，她的脸被染上殷红的色彩

2007 年 6 月 3 日

直到你脸红

我要带你穿过蜿蜒曲折的羊肠小道
到密林深处去倾听蜜蜂的悄悄话
我要带你去看云南松躬身的姿势
看阳光被山鹰放在手心时微微地抖

我要带你跨过静静流淌的雪山溪水
让雨珠一滴滴从山神的指缝滑落
我要带你去看金枪鱼飞翔的翅膀
看云彩被栎树戴在头顶时微微地亮

我要你暂时把人世间的忧伤放在一边
我要傻傻地傻子一样看着你
直到自己不好意思，直到你脸红

2007 年 6 月 11 日

分别的海

仅仅一个眼神的疏忽
杜鹃花羞红了脸
漫过那年醉卧的情人坡
待我追上她的衣角
已是猴年马月

仅仅一个岔口的迷失
雪莲花融化了雪
汇入滚滚东逝的金沙江
待我听见她的心跳
已是天涯海角

那些携手并肩的人啊
谁错过了谁的天长地久
他们走着走着，时间之鞭
打散他们紧扣的小手
像一块尖石分开的一眼泉
流向相隔万里的两片海

2007 年 6 月 14 日

夜宿泸沽湖

今夜，泸沽湖把所有的油灯
点亮了，就像另一个地方的天空
为另一个人点亮了星星
今夜，泸沽湖为我盛满了忧伤
就像另一个地方的田野
为另一个人收容了夜色
顺着湖畔，我用手指缝隙
漏下月光，漏下心跳
无名小虫的聒噪，似乎谁的有意安排
没有人能停止脚步，放弃幻想
风滑过湖面，影子静静摇晃
村子最东边慌张的男低音
也许将抵达西侧的山脚
也许将赶上南郊的马蹄印
村子最北端阿妹酒吧飘来的乡音
带有苦荞花生涩的香
鸡鸣此起彼伏，有的梦
已经醒来，有的梦将要绽放
甜蜜的媚笑，而眼睛已经替你说出

内心全部的秘密。这么静的夜
不适合大声喧哗，不应该强人所难
嘘，小声点，再小声点
不要吵醒她喃喃的情话

2007年6月30日

出　卖

她的红是孤孑的
却奇迹般被眼睛遗忘

她被那人相中是不幸的
却幸运地被诡秘的时间隆重地运走

多年后，她满口流利的普通话
像个衣锦还乡的读书人

2007年7月10日

私　奔

就此坐下来吧。或者盘腿
或者找个石头垫子，或者顺天意
青草密实，坡度还算平缓
雏鹰刚从天空学会降落的技巧
雾霭告别峰峦，正要作升腾的冒险
思念弥足珍贵，就此坐下来吧

把盗匪的偏见统统抛到脑后
把文雅的怨恨统统扔给鸡冠子山洞
四川方向大凉山早晨的炊烟
一股耕牛的尿臊味，生活充满
荤素交杂的诗意。云南这边
小凉山的太阳露出羞怯的肚脐

就此坐下来吧。歌声穿透云层
鸟语嬉戏树叶，野花借风引诱蝴蝶
现在，我们可以模仿他们的动作
对礼俗不予理睬，对爱恋寸土必争
那些流言权当贺词，那些蜚语

权当羡慕嫉妒恨，那些眼神

谁也不必刻意去躲让

2007 年 7 月 20 日

人　海

亲爱的，街上的行人零零散散
世界静得吓人。如此小的小镇
除了思念，没有什么是秘密
隐私显得那么不道德。一袋烟
工夫，我们便熟悉了彼此的嘴脸

而你不同，几乎不用连线
我便听见你都市的熙熙攘攘
那声音淹没声音的人群
如果此刻我迎面走过去
你肯定认不出来

2007年9月16日

姐　姐

姐姐，我渴望找到另一个自己
那孤独的源头，忧伤的因子
似一阵风，来路不明
心空空，是因思念太深的缘故

姐姐，我的忧伤无关风和月
孤独，并不是跟谁相亲相爱
便能抵消的债务。听听吧
雪花染白野花的声音

姐姐，我想和你聊三天三夜
以驱赶内心的恐惧。但现在
姐姐，熄灯睡觉吧，等天亮了
我们还须开始一天的劳作

2007 年 11 月 1 日

对　手

你固执，我轻狂，我们棋逢对手
你如烈焰，不点燃眉毛不罢休
我像溪河，不见到大海不回头
我们水火不容。我们都企图
直刺对方胸腔，掏出心脏跳跃的红
我们都渴望占有一切，互不相让
像两头鲁莽的公牛，死死顶着
既然投降意味着受伤、懊悔、不甘
那我们就这样一直顶下去好了
直到门牙全部打落，双方一齐倒下

2007 年 12 月 26 日

逃遁的树

从昆明到丽江，从早到晚
万千村庄坐在那里，已几个世纪
或更久。今天当我一一经过
它们一声不吭。而你伫立郊外
泪光在晨曦中模糊、模糊
大声呼喊，你没有应答

河流向前催赶，山向后逃遁
古城遗忘的荒地，厂矿吐出的烟尘
或云雾。今天当我一一经过
它们铁石心肠。而你落在身后
幻影在春风里扩散、扩散
大声呼喊，你没有应答

哦，贫瘠的故乡正借厚脸皮夕光
打开松弛如老妇人皮囊，起皱的水浇地
等候我用土著的手、原始的动作
去抚摩、安慰……而树啊，花啊
窗外飒飒飞驰的芬芳，似你

我带不走，带不走西山的云霞

2008 年 1 月 13 日

内　伤

原以为只要苦荞酒一杯又一杯
醉语便能像撵山的猎狗
把心底的苦一句一句全撵出来
原以为只要兰花烟一支接一支
哀愁便能像晴天的云彩
从漏风的崖一口一口全吐出去
原以为只要规避不长眼睛的落叶
刺骨的痛不会打在头上
原以为只要谦让怒气冲冲的飞沙
冰冷的血不会弄脏肌肤
原以为只要情投，笑容每天万里无云
原以为只要意合，誓言每夜不打折扣
可是亲爱的，有一些伤
比如至爱似疾的思念，它直抵心尖
是肉眼躲不掉的，肉身挡不住的
是泪水洗不净的，药水治不愈的
它只会被时间之河越冲越烈
只会在夜深人静时，隐隐作痛

2009 年 2 月 7 日

泸沽湖雨夜

一场暴雨突如其来，打断
醉意的悄悄话。一声响雷砸在山后
把一些人吓到另一些人怀里

里格村的石板路上，游人四散
有的钻入阿妹茶室，有的躲在屋檐下
有的飞向另一些屋檐、另一些茶室

此刻，有人会不会正被淋着
在泸沽湖畔，有人会不会
特意走进雨中

2012 年 7 月 13 日

选　择

如果让鱼儿选择
鱼儿会闭上眼睛游向大海
可池塘呢、网罟呢
垂涎三尺的西门庆呢

如果让鸟儿选择
鸟儿会拍拍翅膀飞向天空
可竹笼呢、弯弓呢
半路杀出的程咬金呢

而你是自由的啊，亲爱的
你选择了鲜艳的花、鼓掌的手
我选择了缄默的根、孤寂的路

而你是决绝的啊，亲爱的
你有你天衣无缝的理由
我有我一言难尽的悲伤

2015 年 6 月 19 日

她的名字叫红

在适合爱的年纪
我们曾匆匆丢弃了爱
就像匆匆丢弃废旧的课本
我们铁了心要诵读经典
全然忘了年轻人
雪一样洁白的翅膀

我们追着风跑
我们追着云跑
我们追着蝴蝶跑
我们追着花朵跑
把花朵般灿烂的人
丢在一边

昨天适巧路过茨坝镇
蓦然想起时光已逝二十年
那悻悻走向黑龙潭的男子
依然是我
植物园里走来的红衣女

已经不是她

2016年7月10日

沙 粒

簌簌而过是风
簌簌而过是叶子
簌簌而过是沙粒
活生生一个年轻人

笨不笨啊她说
烦不烦哪他说
滚一边去滚得远远的她说
滚一边去滚得远远的他说

一个活生生的年轻人
现在滚得远远了
他滚出了小镇
他滚出了人间

现在整个地球
都是她一个人的了
整个地球
啥用呢

2017 年 8 月 7 日

红的一瞥

路过人世花园
见过无数美艳的花朵
其中一朵，真是麝香勾魂

亲爱的园丁，请不要多虑
我只是多看了一眼
至多，向她吹了一声口哨

别无他意，真的
我只是吹了一声口哨
她是令人心悸的一朵

2017 年 12 月 27 日

云

最蓝的水
被天空拎走

最美的人
被时光掳走

沉默的山
贫贱不移

2018 年 6 月 2 日

迷宫

细雨中重逢于巷陌，天意吧
两个人肩并肩的样子，迟延的美景
心里积的尘厚了，嘴里絮叨少了
至于迷宫般的街区，可以忽略
我把自己带进了胡同

游弋流离的风，吹醒了钟摆
糖果店次第打烊，桃花岛尚远
圆通寺公园门口座椅空空
红灯绿灯，交替着去留
我把阿芝落在了人民西路

昆明城的灯火，星星般点亮
街道妩媚如蜃楼，游人如织
明灭处，某人立在原地傻傻等
像个丢了糖果的孩童，噘着嘴
像个驶过站点的旅人，心有不甘

2019 年 3 月 7 日

青　梅

十里外，玉龙雪山晴
天边白云闲步，候鸟匆匆

走在三十年前的小路
十三岁，十五岁
青梅啊，竹马啊
童年游戏，恍若昨天

山下的花，谢了
山上的花，正艳
听，她在歌唱
一只画眉自得意

2019 年 3 月 8 日

灯　语

凌晨三点的机场路上
无数高楼和轿车匆匆而别
唯有双塔，伫立着、凝望着
像一对情侣，旁若无人

整座昆明城，无数盏灯
醒着，像无数双失眠的眼
扑闪着，恍惚有种
走在天上的错觉，晕眩着

而我天生没有方向感
怅怅想，哪一盏灯
会是从你窗口亮出来
目送我的呢

2019 年 3 月 9 日

哑　语

一滴不小心滑落的泪水
打湿夜的离愁。都市喧嚣
不息，病情不见好转

多少爱，象征性
匆匆握手而别
某人哽咽

夜入眠，灯醒着
某句话被肢解
在喉咙里打转、打转

2019 年 3 月 13 日

礼　物

绿色被木叶说尽了
我说出时，果子都笑了
蓝色被碧空说尽了
我说出时，飞鸟都笑了

雨水被江南说尽了
我说出时，雪山都笑了
星光被黑夜说尽了
我说出时，黎明都笑了

未被说尽的是爱
我一说出
阿芝脸颊绯红了

未被说尽的是情
得放下手机
又把她捧在手心里

2019 年 8 月 25 日

天　边

天空蓝若幽邃的魔镜
我用最原始的字符，表示水
表示火，表示我爱你

越过山丘，钻过密林
我捡拾燧木，捡拾古代的石臼
我想让温暖的人更温暖一些

我告诉过你秋天以后大雁会归来
坝上丽江城的波斯菊，一朵唤一朵
它们在等一桩美事的好消息

你看，那么远的人都赶来了
他们的脸像雨后初晴的蓝莲花
他们带来花花绿绿羽翼的彩虹

你看，山下的云霭多像是青海
挽上我的手，我俩去看看
看流水怎么流过人间，治愈伤痛

晚后溪水畔，我们男左女右
风穿过岑寂，像母亲的手
奖赏般轻轻拂过我俩的鬓发

晚后，我们席地而坐，炉火旁斗嘴
儿孙们呢，任他们嬉戏、打闹
这是自由，千百年来无需解的结

2019 年 9 月 6 日

匿名信

他们说念念不忘，必有缘起
他们说她在国境以南，等着日出
回望那年樱花路，多遥远

那年书本小心夹藏
潦草，但又滚烫的信
你拆开看过吗

那年啊那夜辗转反侧
无法抚平心中荡起的涟漪
仿佛整个夜晚，都为我沉静

仿佛喜悦实非我主动
仿佛意外收到一封
情深意长的来信

他们说念念不忘，必有回音
我好奇，并非信封拆开没拆开
我悔恨，为什么匿名

2020 年 11 月 15 日

如果云知道

好几次，雨中凌乱
其中一次，是我故意
还有一次，是她误解

她是酒后吐出的真言，忆之脸红
她是闲来咀嚼的橄榄，回味有甜
她是手牵手的悄悄话，过往云烟

如果有光，光应该沿着时光而来
沿着十万米辣的阳光而来
如果有水，水应该沿着泪水而来
沿着十万米深的雪水而来

所以听说候鸟归来了
阳光从天边暖暖照过来
所以听说阿芝归来了
雪水从山崖潺潺流下来

所以听说忘了忘不了

哦，多年过去，雨中凌乱
我俩扮演过小夫妻

所以听说再见再不见
哦，多年过去，雨中凌乱
此生欠她一个怯怯的拥抱

2022 年 4 月 25 日

别来无恙

一朵很白的云，天边哈达般飘来
就在那个午后，我们静静地坐在溪边
看紫色野花朝大海方向，打着转流走
犹如那条幽僻的小径，你一去而不返

就在那个午后，一群很白的羊
云朵般徜徉在山坡，几个捣蛋的牧童
山脚下追逐。我们静静地坐在溪边
自顾自发呆，仿佛机缘多的是

我们就这样静静地坐着，谁也不开口
仿佛谁最先打破沉默，谁就是失语者
就在那个午后，我们辜负彼此的期许
那一去经年的小径，别来无恙吧

2022 年 7 月 11 日

最　好

设想过无数种偶遇，那一次
心跳剧烈了一些，请你别介意

放弃过无数种闪熠，只有你
信条般信任我，请你别后悔

锦瑟年华献给了书本和教室
打开窗，还有识不全的颜色和图纹

浅浅脚印消逝在原野或街市
迎面来，多是错不开的迷惘和陌生

拿什么给你，耳鬓斑白算不算厮守
风风雨雨半辈子，仍不甚明了

最好不要别过脸去啊，让屋子里的空气
可以轻松地流通，温暖而不紧张

2022 年 9 月 11 日

出　神

阳光不温不火
溪水喋喋不休
寒蝉肆意炫耀时光的静谧

满山坡的菊花
满山坡五颜六色的蝴蝶
牧羊女阿芝追着它们飞

我眼巴巴望着
羊群眼巴巴望着
仿佛群山默许了却步

有一刹那
阿芝差点抓到了它们
翅膀上橘黄的战栗

2022 年 10 月 18 日

沉　醉

我喊你鸟语花香的花
妙笔生花的花
是想让内心的渤海
荡起久久不息的波浪
人间值得到此一游

你叫我深山老林的林
林原莽莽的林
千万别给伤口撒盐啊
一碗炒面山就醉了
我在你的影子里见过你

我们忘了时空的虚幻
忘了彼此真实的姓名
流星不时划过夜空
梦里可疑的音容和笑貌
已经不太重要了

2022 年 10 月 19 日

阿卓务林

1976年生，彝族，云南宁蒗人。中国作家协会会员、丽江市作家协会副主席。

曾参加诗刊社第23届“青春诗会”。

获2006年度《边疆文学》奖、云南日报文学奖（第八届、第九届）、第六届云南省文学艺术创作奖励基金奖、2019年度云南省优秀作品奖、2019《民族文学》年度奖、第九届云南文学艺术奖……

出版诗集

《耳朵里的天堂》

《飞越群山的翅膀》

……